AF238919

James Ensor

Emile Verhaeren

Copyright pour le texte et la couverture © 2023 Culturea
Edition : Culturea (culurea.fr), 34 Hérault
Contact : infos@culturea.fr
Impression : BOD, Norderstedt (Allemagne)
ISBN :9791041833771
Date de publication : juillet 2023
Mise en page et maquettage : https://reedsy.com/
Cet ouvrage a été composé avec la police Bauer Bodoni
Tous droits réservés pour tous pays.

James Ensor

I.

LE MILIEU

Souvent, des vagues venant du côté de l'Angleterre s'engouffrent nombreuses et larges dans le port d'Ostende. Et les idées et les coutumes suivent ce mouvement marin.

La ville est mi-anglaise: enseignes de magasins et de bars, proues hautaines des chalutiers, casquettes d'agents et d'employés y font briller au soleil, en lettres d'or, des syllabes britaniques; la langue y fourmille de mots anglo-saxons; les gens des quais y comprennent le patois de Douvres et de Folkstone; des familles londoniennes s'y sont établies jadis, y ont fait souche et marié leurs filles et leurs fils non pas entre eux mais aux fils ou aux filles de la West-Flandre. Le service quotidien des malles voyageuses resserre tous ces liens divers, comme autant de cordes tordues en un seul cable, si bien qu'on peut comparer la grande île à quelqu'énorme vaisseau maintenu en pleine mer, grâce à des ancres solides dont l'une serait fixée dans le sol même de notre côte.

Cette influence d'outre-mer qui imprègne le milieu où il naquit suffirait certes à expliquer l'art spécial de James Ensor. Toutefois elle se précise encore si l'on note que l'ascendance paternelle de l'artiste est purement anglaise. Le nom qu'il porte n'est point flamand. C'est à Londres, qu'il se multiplie aux devantures. Je le vis flamboyer, un soir, dans Soho-square et plus loin il se projetait—réclame mouvante—sur un trottoir d'Oxford street.

L'œuvre que nous étudierons et exalterons s'élève donc au confluent de deux races—races saxonne, race flamande ou hollandaise—harmonieusement mêlées dans le sang et dans l'âme d'un très beau peintre.

L'erreur serait grande si l'on se figurait qu'à cause de ses origines britaniques, Ensor se soit complu à réapprendre comme certains peintres modernes l'art des Reynolds ou des Gainsborough ou se soit assimilé n'importe quelle méthode des préraphaelites illustres. L'anglomanie qui s'est glissée jusque dans l'esthétique l'a épargné. Ce n'est point par des qualités extérieures et souvent artificielles qu'il se rattache aux maîtres de là là-bas, mais bien, naturellement, par certains dons fonciers et rares. Il est de leur famille, sans le vouloir. Il est audacieux et harmonieux comme Turner, sans qu'il s'y applique, sans qu'il s'en doute. Il aime les effets tumultueux et larges de Constable sans qu'aucune de ses toiles fasse songer aux paysages célèbres de ce grand peintre. La parenté est souterraine et comme secrète. Elle se manifeste dans la manière de comprendre et d'aimer la nature, dans la sensibilité aiguë de l'œil dans la franchise et l'audace des conceptions, dans la pratique du dessin pictural, dans la délicatesse mêlée à la force, dans la plaisanterie unie à la brutalité. Dès que cette dernière caractéristique est atteinte, James Ensor rejoint non plus Constable ni Turner, mais Gillray et Rowlanson plus encore que Jérôme Bosch ou Pierre Breughel.

Encore que l'influence anglaise agisse avant toute autre sur elle, c'est toute l'Europe et l'Amérique qui transforment pendant l'été, quand la saison balnéaire s'inaugure, Ostende. Les jeux et les fêtes l'exaltent tout à coup. Les femmes du quartier Marbeuf envahissent sa digue. Le monde qui l'hiver se groupe à Monte-Carle, à Menton, à Biarritz s'y concentre. Des nuits de lourde et chaude volupté s'y passent à la lueur de flambeaux. La chair s'y mire et s'y pavane aux miroirs de cabarets fastueux. Et la folie des villes frémissantes et trépidantes brûle soudain ce coin de Flandre calme et foncièrement sain et propage sa fièvre nocturne et flamboyante tout au long de la mer.

Magasins de Paris, boutiques de Vienne, comptoirs chargés de coraux de Naples et de Sicile, brasseries de Dortmund et de Munich, caves remplies de vins de Portugal et d'Espagne vous installez votre barriolage de goûts et de couleurs devant les mille désirs populaires ou mondains, devant les appétits vulgaires ou rares, devant les convoitises baroques ou distinguées. La flânerie des promeneurs s'en va, à droite, vers le port, à gauche, vers le champ de courses, en partant de la rampe de Flandre où James Ensor habite. A cette large voie se relie en outre toute la ville basse avec ses rues étroites, les unes venant de la grand' place, les autres du théâtre, celle-ci de la gare et celle-là du marché. Le carillon n'est pas loin: on l'entend tricoter sa musique menue, le soir, ou bien, aux midis de réjouissances, ruer de toutes ses notes et s'emporter vers quelque hymne national.

La foule et ses remous passe donc à toute heure du jour devant les fenêtres du peintre: foule élégante ou hautaine, foule grotesque ou brutale, cortèges de la mi-carême, processions de la fête-Dieu, fanfares rétentissantes des villages, sociétés chorales des villes voisines, cris, tumultes, vacarmes.

Et ces flux et ces reflux de gestes et de pas aboutissent tous là-bas, à cette féerie de verre et d'émail qu'est le Kursaal d'Ostende.

Avec ses dômes et ses pignons et ses rosaces et ses lanternes, avec ses ors élancés et ses bronzes trapus, avec ses festons de gaz et ses couronnes de feux, il apparaît, toutes portes et fenêtres ouvertes, comme un tabernacle de plaisirs éclatants et sonores. Un orchestre savant y fait naître, chaque jour, des floraisons de musique; des voix illustres s'y font entendre—orateurs ou conférenciers—et des virtuoses dont le nom émeut les mille échos y jettent vers l'applaudissement en tonnerre des foules, les phrases les plus belles des maîtres célèbres. Toutes les langues s'y parlent. Joueurs, financiers, gens de course, gens de bourse, princes et princesses, dames du monde et courtisanes, tout s'y coudoie ou s'y toise; s'y méprise ou s'y confond.

Le soir, quand les verrières du monument flamboient face à face avec la nuit et l'océan, on peut croire que le bal y tournoie en un décor d'incendie. Du fond de la mer s'aperçoivent les hautes coupoles illuminées et le phare dont la lueur troue les lieues et les lieues semble ne lancer si loin son cri de lumière que pour héler vers la joie le cœur battant de ceux qui traversent l'espace.

Ainsi pendant l'été tout entier Ostende s'affirme la plus belle peut-être de ces capitales momentanées du vice qui se pare et du luxe qui s'ennuie. Et ce n'est pas en vain que chaque année James Ensor dont l'art se plaît à moraliser cyniquement, assiste à cette ruée vers le plaisir et vers la ripaille, vers la chair et vers l'or.

La chambre où il travaille ouvre, là haut, au quatrième d'une maison banale, son unique et peu large fenêtre. De tous les peintres modernes Ensor est le seul qui jamais ne se soit mis en quête d'un atelier. Lui le chercheur de lumière il campe ses toiles en un jour médiocre tombant non pas d'une verrière mais à travers les pauvres carreaux d'une baie verticale et parcimonieuse de clarté. Pourtant que de pages merveilleuses s'y élaborent et que de tons admirablement harmonisés y juxtaposent leurs musiques inentendues!

Celui qui surprend Ensor, la haut, dans son travail, le voit surgir d'un emmêlement d'objets disparates: masques, loques, branches flétries, coquilles, tasses, pots, tapis usés, livres gisant à terre, estampes empilées sur des chaises, cadres vides appuyés contre des meubles et l'inévitable tête de mort regardant tout cela, avec les deux trous vides de ses yeux absents. Une poussière amie recouvre et protège ces mille objets baroques contre le geste brusque et intempestif des visiteurs. Ils sont là chez eux pour que seul le peintre leur insuffle la vie, les interroge les fasse parler et les introduise dans l'art grâce à la sympathie qu'il leur voue et l'éloquence secrète qu'il découvre en leur silence.

Il est opportun de se figurer James Ensor en tête à tête quotidien et prolongé avec ces effigies en carton et en plâtre, avec ces débris d'existance et de splendeur, avec ces défroques ternes ou violentes pour comprendre quelques-unes des surprises de son caractère et quelques traits profonds et spéciaux de son art. Il est certain que pour lui, à telles heures d'illusion souveraine, un tel assemblage de visages, d'attitudes, d'ironies ou de détresses a dû représenter la vie. Elle lui est apparue mauvaise, déplorable, hostile. Elle lui a enseigné la misanthropie que seuls corrigent la farce, le rire et le sarcasme.

L'existence d'Ensor entouré d'un tel décor familier ne manque pas de paraître énigmatique et bizarre et je ne crois pas qu'il lui répugne de maintenir autour de lui ces apparences. Ses paroles qui souvent déconcertent, ses saillies drôles, ses rires soudains et furtifs, sa voix sourde, sa marche lente et l'éternel parapluie qui toujours l'accompagne comme s'il se défiait du plus fidèle et du plus loyal soleil confirment l'étrange impression qu'il produit volontairement ou ingénûment, qu'importe.

Personne que je sache ne met moins de mise en scène dans l'accueil. Les œuvres qu'il montre ne toisent pas le visiteur du haut d'un chevalet comme pour lui imposer leur présence autoritaire. Ses toiles ne sont pas même tendues. Elles gisent roulées les unes sur les autres, en des coins obscurs. Elles apparaissent à la lumière ployées et gondolées et c'est avec peine qu'on leur trouve une zône de clarté propice afin qu'elles s'y étalent sans trop se nuire entre elles. Aucun commentaire n'accompagne leur présentation. Seul un rire menu, quand le sujet étonne et froisse quelque goût trop puritain. Et les œuvres succédent aux œuvres et quand tout est montré, toujours, soit au fond d'un coffre, soit au fond pièce voisine se découvre une merveille oubliée dont la crasse voile la fraîcheur et la beauté. Un coup d'éponge donné à la hâte réveille la splendeur endormie.

On dégringole l'écalier raide et tournant et l'on quitterait, la poignée de main échangée, la maison du peintre, sans plus, si le magasin du rez-de-chaussée, avec ses larges vitrines encombrées de bibelots ne retenait, un instant encore, l'attention. C'est que là, parmi les coquillages et les nacres, les vases de la Chine et les laques du Japon, les plumes versicolores et les écrans barriolés, l'imagination visuelle du peintre se complait à composer ses plus rares et ses plus amples symphonies de couleurs. Oh les notes à la fois tendres et fortes, à la fois subtiles et brutales, à la fois sobres et éclatantes qu'il sût faire vibrer en prenant comme prétexte quelque pauvre bibelot d'orient que la mode banalisa! Et la coquille ourlée dont le bourgeois morose ornera sa cheminée en marbre peint deviendra grâce à la magie, grâce à l'hermétisme de l'artiste, ce miracle de couleur triomphante dont s'éblouiront les salles les plus belles des musées modernes.

Ensor se plaît parmi ces mille riens exotiques parmi ces dépouilles luisantes ou vitreuses de la mer. Lui même s'intéresse parfois au trafic qu'en font et sa mère et sa tante, marchandes tenaces et expérimentées. Souvent le soir, la causerie rassemble autour des comptoirs la famille entière. La sœur du peintre et sa nièce qu'il affectionne vivement sont là. Et l'on parle d'Ostende, non pas de l'Ostende ruée aux fêtes et aux plaisirs de l'été, mais de l'Ostende automnale qui se plaît dans la déréliction et le silence. Ensor adore celle-ci avec ses rues étroites, ses places humbles et désertes, ses petites boutiques vieillottes au fond des quartiers populaires et ses propres et luisants estaminets où l'odeur de la bière se mêle à des relents de poisson sec et de crevettes humides. C'est là qu'il dessina maint pêcheur à vareuse bleue, à boucles d'oreilles étroites, à pantoufles multicolores. C'est là qu'il rencontra et qu'il interpréta en des croquis larges et vivants, les vieilles femmes à mantelets, avec de lourds et noirs capuchons de drap recouvrant leur intact et fragile bonnet blanc.

La vie du port est la seule vie d'Ostende, l'hiver. Elle ne pénètre point la ville; elle n'anime que ses confins. C'est une vie en bordure. Oh les câbles et les amarres au long des quais, les voiles rousses et brunes dans le brouillard gris, les proues sculptées des vieux navires s'apercevant du fond d'une ruelle et les mouettes blanches, entrant dans les bassins et volant, dirait-on, à travers les entrecroisements dédaliens des haubans et des vergues! Et les petites boutiques, en plein vent, à l'angle des ponts et les plies et les limandes qui sèchent dans le courant d'air des fenêtres et la marmaille grouillante parmi les écailles de moules versées en tas, sur le trottoir! O cette vie comme goudronnée au contact des bateaux, des cordes et des voiles; cette vie tranquille, têtue et dangereuse qui fait les races calmes ou violentes comme ces mers du Nord dont elles vivent depuis mille ans. Elle n'a qu'un sursaut, en Février, aux temps du carnaval. Et combien mélancolique et brutal! Et combien morne et quelquefois sanglant!

Ensor a traduit cette liesse en des œuvres quasi sinistres et qui étonnent et qui font peur. Le pittoresque de l'accoutrement, l'usure de la défroque, la drôlerie muette de masque, l'ennui qui semble suinter des murs tout se ligue pour provoquer une impression sombre avec des éléments soi-disant gais.

Je me souviens d'un Mardi gras passé à Nieuport, jadis, avec des amis. Jamais je ne compris mieux la folie et la tristesse des masques d'Ensor.

Des groupes ivres battaient les rues. En des salles de danse, à moitié désertes, avec de pauvres musiciens grelottant de froid dans un coin, la valse fouettait deux ou trois couples tournoyants et muets, avec les lanières usées de sa musique banale et sifflante. Un ivrogne, orné d'un faux nez violet, titubait près du comptoir et sa commerre dépoitraillée et gisante contre une cloison, mordait, machinalement, les crins de sa perruque descendue sur ces yeux. Un bout de bas blanc passait à travers les trous de son soulier. Un hoquet lourd et profond lui sécouait, de temps en temps, le ventre. Et l'ivrogne riait et pleurait tour à tour devant elle.

Lorsque James Ensor se plaisait à traduire par le pinceau de telles scènes grotesques et lamentables, il était le compagnon falot qu'Eugène Demolder, assignait, sous le déguisement de Fridolin, au grand Saint Nicolas. James Ensor donnait la réplique, dans le livre du poète d'Yperdamme, au joyeux et doux patron des petits enfants de la West-Flandre. Il jouait, en ce temps là, de la flûte et se promenait, avec deux carlins boulus, renfrognés et fidèles.

Croquis.

L'effigie qu'Henri de Groux vient de nous donner de James Ensor nous le représente robuste et presque gras. Les cheveux grisonnent, le teint s'enlumine, l'allure est massive. L'appuie-main tenu entre les doigts fait songer vaguement à quelque sceptre. Ensor semble commander à son art dont une page caractéristique se devine au fond de la toile. Le voici donc tel que l'âge mûr le définit. Au surplus l'œuvre compte et s'affirme excellente.

Toutefois j'aime à me souvenir d'un tout autre James Ensor, celui que je connus, il y a vingt ou vingt-cinq ans, avec un corps svelte, un teint pâle, des yeux clairs, des mains longues fiévreuses et fines. Non pas un dandy, car une mise négligée presque toujours rejetait cette comparaison, mais une sorte de jeune parlementaire britanique qui faisait songer à Disraeli.

James Ensor parlait peu, se tenait sur la réserve, avec un air fermé et craintif. On lui prêtait un caractère difficile et ombrageux. Il avait certes, la pleine conscience de sa force naissante; il n'admettait aucune restriction sur l'entière personnalité de son art et se rebiffait, dès que l'ombre d'une injustice l'effleurait dans la mêlée de la vie. La haine de la critique bouillonnait en lui, comme chez tous les artistes vrais et impérieux. Il ne pouvait admettre qu'on ne le comprit pas et que sa peinture qui lui paraissait toute simple et naïve ne s'imposât point, du premier coup, grâce à sa sincérité absolue. Il oubliait la difficulté ardue, que rencontre tout esprit dès qu'il veut pénétrer de sa lumière à lui quelqu'autre esprit fut-il voisin du sien et combien le baptême de l'hostilité et du dénigrement est salutaire à toute originalité naissante. C'est parce qu'il fut bafoué, nié, villipendé jadis que sa victoire aujourd'hui nous apparaît si consolante et si belle. La gloire ne se livre pas; elle se prend d'assaut. Elle se retranche derrière une muraille d'hostilités et de sarcasmes. Tout artiste vrai est un héros ingénu. Il faut qu'il souffre pour qu'un jour il ait la joie d'imposer a tous sa victorieuse personnalité totale. En ce temps-ci ou chacun est tout le monde, le poète, le peintre, le sculpteur, le musicien ne vaut que s'il est authentiquement lui-même. C'est le plus réel des privilèges que la nature, sans aucune intervention autre que celle de sa puissance, confère et maintient à travers les siècles et seul le poète, le peintre, le sculpteur, le musicien en peut jouir pleinement.

Oh ces débutants choyés dès qu'ils apparaissent et par la critique et par le public! Aucune de leurs toiles ne survit après vingt ou trente ans. Ils n'ont jamais passionné personne. Ils n'ont connu ni la révolte de leurs maîtres, ni la jalousie de leurs amis, ni la haine de la foule. Ils ont été banalement heureux en attendant qu'ils soient banalement quelconques. Les Salons triennaux out accueilli leurs essais à la rampe mais les Musées rejetteront bientôt leurs œuvres dans les coins. Ces peintres-là sont morts depuis longtemps quand sonne leur agonie. Et leur nom de plus en plus pâle, de plus en plus éteint, de plus en plus oublié ne trouve plus refuge qu'aux pages jaunies d'un catalogue ou il finit par se confondre avec un pauvre et morne numéro. Il importe donc d'aimer et les attaques et les batailles, les coups portés avec enthousiasme et reçus avec courage. L'ivresse suprême réside dans la conscience qu'on a d'être une belle force humaine. Et rien ne l'exalte autant que la violence et l'injustice. L'émeute autour d'une toile nouvelle est un sacre à rebours. L'artiste y doit puiser non l'abattement mais le lyrisme. Sa vraie vie commence, dès cet instant. Et l'œuvre doit succéder à l'œuvre, sans compromission, sans reticence, audacieusement, toujours, jusqu'à l'heure où cessera le rire et se taira la huée. Et qu'importe si la colère montante ne se retire que devant le tombeau. Les triomphes posthumes sont les plus sûrs.

Je doute que James Ensor ait admis ces vérités aux temps de sa jeunesse, mais je sais qu'il a toujours agi comme si leur lumière vivait en son esprit.

II.

LES DÉBUTS

L'époque pendant laquelle débuta James Ensor fut pour la patrie, un laps de temps héroique et fécond. Aujourd'hui qu'il est loin, il apparaît quasi légendaire.

Un miracle se fit tout à coup. Le pays, habitué à ne produire que des peintres, suscita des sculpteurs et parmi eux un génie: Meunier. Bien plus; la Belgique hostile aux lettres et vouée depuis longtemps à la littérature des parlementaires et des journalistes, se para d'une floraison de poètes.

Les coutumes furent à tel point bousculées, les réputations assises à tel point secouées sur leurs sièges, qu'il y eut comme un tremblement des cerveaux. On n'osait y croire; on n'y croyait pas. Notre sol qui se couvrait du seigle annuel des lucratives affaires et du froment régulier des prospères négoces ne pouvait tout à coup se modifier assez profondément pour nourrir de sève et exalter vers la lumière des odes belles comme des chênes et des idylles fragiles et jolies comme des arbustes. L'extraordinaire fut taxé d'impossible et des «bouches autorisées» déclarèrent qu'en tous cas le prodige n'aurait pas de suites.

Il en eut d'admirables.

Malgré les oppositions soit franches, soit sournoises, malgré les mille cris des feuilletonistes inquiétés dans leurs goûts et leurs habitudes, malgré la compacte et massive inertie et la bêtise au front non pas de taureau mais de bœuf, les nouveaux écrivains s'affirmèrent, d'année en année, plus clairs, plus hauts, plus purs. Si bien qu'aujourd'hui ils sont tout et leurs détracteurs d'antan, rien. L'opinion a été retournée comme un vêtement dont on secoue les poussières, dont on vide les poches des vieux préjugés qu'elles recélaient, dont on brosse le drap depuis le col jusques aux pans et qu'on désinfecte enfin en tous ses plis. Aujourd'hui les générations littéraires se succèdent les unes aux autres, comme les générations des peintres; l'art d'écrire est acclimaté parmi nous; la presse est passée aux mains des écrivains, la foule se fait attentive et le pouvoir récompense et s'émeut. C'est une victoire qu'on ne conteste plus.

Or, ces prosateurs et ces poètes de la vie dans la phrase se virent attaqués en même temps que les peintres de la vie dans la lumière. Leurs ennemis se liguaient entre eux; ils se liguèrent entre eux contre leurs ennemis. Cela se fit avec entrain et naturel parce que la nécessité souveraine nouait elle-même les liens d'entente. Le consentement fut tacite et rapide.

Jamais les polémiques d'art ne furent aussi vives, aussi ardentes, aussi impitoyables. On frappait avec des poings sauvages; on n'avait égard ni à la vieillesse ni aux situations prises; on était fier d'être partial et féroce. La norme était franchie joyeusement, ventre à terre; toute réticence devenait trahison, toute justice rendue aux adversaires raison de blâme et de défiance. La tolérance est une force de l'âge mûr. Elle est une tare et une faiblesse quand on se trouve à la tête de ses vingt ans.

Oh l'orage des discussions autour des noms de Khnopff, de Schlobach, de Van Rysselberghe, de Dario de Regoyos, de Wytsman, de Finch, de Toorop et d'Ensor! La belle mêlée de colères et sarcasmes! Les lourdes attaques et les folles défenses! Les fiers éclairs dont on foudroyait les esthétiques vieillies et les règles désuètes. On s'exposait avec joie, on dardait son audace partout et l'on se reprochait sans cesse de n'avoir pas été assez violemment téméraire. Vraiment la vie passionnée était belle, en ce temps-là!

Les peintres novateurs s'étaient d'abord cantonnés à l'*Essor*, société d'art où se mêlaient des talents avancés et rétrogrades. Une scission eut lieu. Elle était fatale. Les plus hardis s'en allèrent, laissant végéter le cercle où s'éteignaient, une à une, toutes les flammes des forces et des ardeurs.

Les XX furent crées. L'idée en est due, m'assure-t-on, à Charles Van der Stappen qui s'en ouvrit à Octave Maus et à Edmond Picard. Cela se passait, au temps des vacances, à Famelette, près de Huy, où chaque année Edmond Picard accueillait les artistes comme des hôtes de choix. «Peintres et sculpteurs se réuniraient au nombre de vingt, organiseraient une exposition annuelle et inviteraient vingt autres artistes déjà consacrés. Ceux-ci seraient choisis parmi les maîtres dont l'art était fier, libre et encore combatif».

C'est à cette date que, l'animosité ayant crû d'année en année, le critique d'art de *la Jeune Belgique* s'exprima de la sorte,—nous citons l'extrait qui n'est certes pas un modèle de goût, uniquement pour montrer la rudesse des polémiques—:

«Oh la triomphale journée que celle du 6 février! *Les XX* sont ouverts. Désormais la bêtise belge a sa date! On dirait qu'à cette «première» artistique le cerveau bourgeois se dégorge par toutes ses circonvolutions. Il en jaillit des excréments de sottise. Cela rappelle des opérations d'abattoir. Le porc est tué: il est suspendu, ventre ouvert, à de grossières tringles, les boyaux sont jetés sur l'étal, fumants et flasques.

«Les avez-vous vu vider? La bêtise belge et bourgeoise, c'est cela.

«Ce qui se débite d'âneries en ces quelques heures devant ces quarante exposants ferait un fumier monumental. Dames élégantes à bouche pincée de souris prude, fourrures confortables avec un ventre officiel dedans, gommeux monoclés, académiciens rances, peintres deshonorés de rubans rouges, réputations tuées depuis longtemps dans leur propre *Bataille de Lépante* et leur propre *Peste de Tournay*, prud'hommes énormes, collectionneurs d'eux-mêmes, tout cela potine, commère, hausse les épaules, passe et fuit devant ces quelques centaines d'œuvres d'art qui hurlent l'avenir. Et des rages! Voici un Monsieur qui s'arrête devant les Toorop et jure comme un porte-faix et trépigne et remue les poings ... qu'il tient en poche. Tel autre s'affale sur un banc et crie qu'il faut «brûler tout.»

«Les années précédentes il y avait çi et là un tableau «à la portée du premier venu» un tableau sauveur ... aujourd'hui, rien.

«Oh les pauvres oiseaux qui se cognent aux murs d'une cave obscure! Pas un coin où se tenir tranquille sur un perchoir d'admiration bon-enfant. Pas un coin où débiter le monologue d'amateur éclairé devant un auditoire de mamans et de fillettes. Pas d'opinion juste-milieu possible. Ou la haine ou l'emballement.»

C'était le ton. On le prenait, sans le savoir. L'atmosphère de bataille est grisante. On la trouve trop chaude quand on en est sorti. Quand on la respirait, elle était vraiment et bellement violente, exaltante et fiévreuse.

L'histoire des *XX* devrait, un jour, se faire, année par année. On y insisterait sur les successives et graduées victoires des peintres du plein-air en Belgique. On y pourrait mettre également en relief la manière nouvelle dont les œuvres y furent présentées. Pour la première fois on y juxtaposait toutes les pages d'un même peintre. Et toutes s'étalaient à la rampe. Des tentures de fond harmonieuses étaient choisies. Des chiffres d'or décoraient discrètement les murs.

Peu à peu les conférences s'inauguraient et bientôt les auditions musicales. Le directeur des *XX*, Octave Maus, s'y employait avec zèle et goût. Les*XX* qui plus tard abandonnèrent leur titre au profit de celui de *Libre Esthétique* devinrent ainsi un milieu de lutte précieux. Le mois de février ou de mars qu'ils choisissaient, annuellement, pour se grouper, combattre et triompher fut un mois de joie violente et âpre. Bruxelles interrompait ou plutôt clôturait par une fête intellectuelle l'ennui et la somnolence du morne hiver. L'art mettait avant, le printemps, une ardeur de renouveau dans les têtes. Et bientôt dans toutes les capitales de l'Europe des salons, organisés d'après celui qui s'ouvrait, chaque année, chez nous, multiplièrent les batailles et les triomphes des peintres et des sculpteurs hardis et révolutionnaires. Munich, Vienne, Berlin, La Haye, Paris, toutes ces villes eurent des *Libres Esthétiques* dont elles changeaient simplement le nom.

Ensor est le premier de tous nos peintres qui fit de la peinture vraiment claire. Il substitua l'étude de la forme épandue de la lumière à celle de la forme emprisonnée des objets. Cette dernière est violentée par lui, hardiment. Tout est sacrifié au ton solaire, surtout le dessin photographique et banal. A ceux qui, devant ses œuvres, vaticinent: «ce n'est pas dessiné», Ensor peut répondre: «c'est mieux que ça».

Son influence fut notable sur ses amis. A part Fernand Khnopff—et encore dans sa toile *En écoutant du Schumann* a-t-il peint le tapis en se souvenant de l'*Après-midi à Ostende*—tous subirent plus ou moins la fascination de son art. Ceux qui s'en garaient le plus, Van Rysselberghe, Schlobach, de Regoyos, Charlet parlaient de lui avec une admiration aiguë. Ils sentaient sa force; ils ne tarissaient point sur les dons qu'il manifestait, et hautement le proclamaient le plus beau peintre du groupe entier.

Mais d'autres, tels que Finch et Toorop, se montrèrent attentifs, non pas à son enseignement—James Ensor n'en donna jamais—mais à sa façon nouvelle de traiter et de vivifier les couleurs. Il fut leur maître sans qu'il le voulût et peut-être sans qu'ils le sussent. Ils étaient compagnons, se rencontraient sans cesse, se montraient l'un à l'autre le travail du jour, causaient de l'œuvre en train, discutaient, s'exaltaient. Finch, flegmatique et silencieux, observait, certes, plus qu'il ne parlait, mais ses yeux prenaient part mieux que ne l'eût fait sa langue aux entretiens du soir en face de la toile, humide encore.

La nature complexe et curieuse de Toorop s'assimila facilement les procédés et les techniques. Sa *Dame en blanc* fut un magnifique hommage rendu à l'art merveilleux de son ami.

Faut-il ajouter que, depuis ces temps lointains, Toorop et Finch se sont dégagés de l'amicale influence et que leur art d'aujourd'hui est à eux seuls. A part cette domination temporaire, James Ensor n'en a guère exercée. On le comprend du reste. Sa personnalité n'est pas assez purement flamande pour influencer longuement et décisivement les artistes d'ici. Et Finch et Toorop étaient eux-mêmes l'un un Anglais, l'autre Javanais.

III.

LES TOILES

Le lampiste qui décore, à cette heure, le Musée moderne de Bruxelles est très simple d'arrangement. Sur fond gris, un gamin, tout entier habillé de noir, tient en main une lanterne de cuivre. Il la regarde et le verre et le métal brillent. On pourrait dire que le sujet du tableau existe dans la couleur elle-même. Ces larges masses grises et noires qu'animent les quelques détails jaunes du lumignon réalisent comme un conflit apaisé. Du reste tout tableau n'est-il pas une sorte de combat? Les tubes se présentent avec leur violence et leur diversité de couleurs comme chargés de mitraille dangereuse. Si le peintre n'en calcule point la force, s'il les laisse détonner, sans discipliner leur vacarme, s'il ne les contient d'un côté pour leur mieux donner carrière de l'autre, la bataille qu'il livre sera irrémédiablement perdue. Il faut qu'il prévoie ce que les orangés voisinant avec les bleus, ou les verts avec les rouges, ou les jaunes avec les violets, donneront d'éclat. Il faut qu'il juge comment les teintes transitoires atténueront tel ou tel choc de couleurs trop hardies. Il faut qu'il sache ce qu'un ton franc posé à tel endroit apporte de désordre ou de vie dans l'ensemble. Il existe une façon lâche de peindre, grâce au blaireautage, qui escamote les difficultés et affadit l'art. Ce procédé veule et funeste, Ensor ne le connaîtra jamais.

L'éclat de la lanterne que le lampiste tient en ses mains rayonne franchement mais sans brutalité; les noirs sur lesquels l'objet lumineux se détache le soutiennent par leur vigueur sombre; il n'y a aucun heurt, il n'y a que de l'audace heureuse.

La Coloriste est d'un jeu de couleurs plus abondant que le *Lampiste*. Une femme en blanc est assise dans un atelier éclairé par une fenêtre. Des étoffes, des vases et des écrans l'entourent. Cette toile fut montrée à la *Chrysalide* en 1881. Ce Cercle déjà ancien et dont le lieu d'exposition s'ouvrait salle Janssens (rue du Gentilhomme, alors rue du Petit Écuyer), avait à sa tête des maîtres: Louis Dubois, Artan, Vogels, Rops, Pantazis et d'autres. On y cultivait une peinture aux qualités solides, faite au couteau et qu'on prétendait sortie ou plutôt dérivée de la puissante et rayonnante esthétique des ancêtres. Cette opinion, certes, n'était point mensongère, encore qu'il fallût convenir que ces puissants peintres qui, à juste titre, se réclamaient de leur origine avaient tous regardé avec trop d'insistance les toiles du Franc-Comtois Courbet. Il est vrai que ce dernier aimait à s'arrêter longuement devant celles de Rubens, de

Snyders et de Jordaens et que la peinture puissante et truculente, ferme et savoureuse, qu'il prônait n'était autre que la peinture flamande elle-même.

Croquis.

Dans la *Coloriste* la couleur n'est plus comme dans le *Lampiste* distribuée par larges plans. Au contraire. Elle se divise, se dissémine, se parsème. Sans le tact d'Ensor la multiplicité des verts, des rouges, des bleus, des jaunes aboutirait à quelque papillotage. Les écrans peints ne seraient qu'un assemblage de fusées et le tableau mentirait à son titre. Mais le peintre a voulu que la *Coloriste* enseignât ce que doit être une toile bien venue. Sur un fond, où les roux et les gris établissent leurs accords profonds et solides, les tons clairs et multicolores chantent, avec justesse et variété, leurs notes hautes et vives et chacune d'elles s'appuie, avant de s'élancer vers la joie, sur le tremplin des vigoureuses sonorités fondamentales. L'ensemble tient de l'un à l'autre bout de la toile, les liens subtils, qui unissent les teintes entre elles comme les notes d'un page de musique heureusement écrite, se serrent et se nouent partout.

Et comme contraste à cet art discret et mesuré, voici qu'un peu plus tard, en 1883, Ensor, sous le titre: *Chinoiseries* peint en pleine clarté sonore quelques potiches remplies de pivoines. On ne sait ce qu'il faut louer le plus, ou bien la couleur laiteuse des tons bleus et blancs du vase, ou bien le dessin large et sûr de son décor. Que ce soit le dessin cette fois, car jamais, me semble-t-il, l'artiste n'a mieux affirmé ce qu'est pour lui dessiner en peignant. La ligne, en cette œuvre franche et belle, est la couleur elle-même. Elle ne vit pas d'une vie indépendante, elle crée en même temps la forme et le ton et, si j'ose dire, l'ossature et la chair. Ceux qui prétendent qu'Ensor ignore la forme oublient sans cesse que le dessin de Rubens et de Delacroix est l'opposé du dessin d'Ingres et de Raphaël. Ceux-ci ne font que remplir par des couleurs le vide laissé entre les lignes tracées d'avance; ceux-là peignent d'abord et leur dessin résulte de la justesse des valeurs entre elles, ou si l'on veut, n'est que le résultat du jeu des ombres et des clartés. C'est le coup de brosse, et non pas le crayon ou le fusain, qui écrit les formes si bien que dans leurs tableaux rien n'est dur, rien n'est découpé, rien n'est sec, rien n'est séparé soit du fond, soit de l'objet voisin. Ils ne cernent pas des images; ils traduisent la vie.

Bien plus. Les artistes linéaires tels qu'Ingres et Raphaël ne s'embarassent ni des ombres ni surtout des reflets. Pour eux, les êtres et les choses semblent n'exister que dans une sorte de vacuité atmosphérique. La lumière qui les baigne est toute artificielle et le vide semble seul les contenir. Chaque objet existe d'une vie solitaire. Il ne subit en rien la loi des interinfluences. Il apparaît, s'il est beau, d'une grandeur presque toujours stérile. Il est jailli du raisonnement et de la pensée; il ne l'est jamais—si je puis dire—d'une émotion sensuelle. Or, c'est précisément cette joie de voir le monde entier s'épanouir dans la réelle et mouvante lumière, qui suscite en quelques êtres de choix le désir et bientôt l'art de peindre. Ensor se range parmi eux. Nous verrons comme il tient compte de ces ombres et de ces reflets que dédaignait M. Ingres et comme il les rend naïvement, scrupuleusement, de peur d'enlever n'importe quel élément de vie et de splendeur à la réalité.

Les sujets les plus humbles le requièrent. Voici qu'il peint *poissons, bouteilles, pommes*. Et voici qu'un simple *chou vert* (1880) posé sur une table rouge lui fait faire un chef-d'œuvre. Une lumière nouvelle, qui s'affranchit soudain des oppositions violentes entre les avant-plans et les arrière-plans, baigne cette merveilleuse nature-morte. Elle fut exposée en 1884 au Cercle artistique de Bruxelles et l'an dernier (1907) au Salon d'automne de Paris. Elle n'y perdit rien de ces prestiges d'autrefois. Elle étonna et charma autant que quelques superbes Cézanne rassemblés en une salle voisine. Elle apparut à tous avec ses qualités de belle sagesse et de maîtrise. C'était l'œuvre devant laquelle on s'arrête et l'on revient. Le rouge de la table sonnait en même temps que le vert du légume. Ces deux couleurs complémentaires n'étaient séparées que par une nappe blanche qui atténuait la violence qu'aurait produite leur immédiat voisinage. Chaque objet était peint à sa place, avec une sûreté parfaite. Rien ne violentait l'attention, mais chaque coup de pinceau la retenait. Et l'on songeait que le signataire de cette merveille fut qualifié, jadis, par la critique, d'artiste iconoclaste et sauvage et l'on ne comprenait pas. C'est, du reste, le propre des œuvres vraiment fortes d'étonner à leur apparition par leur soi-disant audace et de s'imposer après quelques années par leur absolue convenance.

Elles déroutent d'abord, elles ameutent et révolutionnent. Mais, le jour qu'elles entrent dans les musées et qu'elles voisinent avec les pages solennelles des maîtres et se trouvent enfin chez elles, en lieu sûr, dans la compagnie qui leur convient, on est surpris, chaque fois, de les voir très simplement continuer et rajeunir l'histoire de la beauté.

Je me souviendrai toujours de l'étonnement que je ressentis, il y a quelque vingt-cinq ans, à l'exposition de l'*Essor* (1882), devant un *portrait*—c'était celui de son père—qu'Ensor y exposait. La toile était accrochée à la rampe près d'une porte dans un des halls du Palais des Beaux-Arts, rue de la Régence. Au milieu des œuvres jeunes qui sollicitaient par leur tapage et leur inexpérience, celle-ci proférait on ne sait quoi de grave, d'appaisé et de sévère. Elle était conçue par grands plans: des bleus, des noirs, des blancs réalisaient sa très simple harmonie. A droite, la clarté, tombant d'une fenêtre à travers des rideaux pâles, baignait le front d'un homme qui lisait. Une cheminée en marbre occupait le fond, à gauche. La figure était attentive à sa lecture. Et le silence régnait. La profondeur du ton, sa solidité, sa force commentait seule l'intensité de cette scène. C'était donc par des moyens uniquement picturaux que l'attention était fixée et l'impression produite. Aucune distraction n'était permise. C'était de la vie nue montrée dans sa réalité quotidienne, sans plus.

Au fur et à mesure que son œuvre se poursuivait et que ses *intérieurs bourgeois,* ses *après-dîners à Ostende,* ses *portraits* lui assignaient comme tâche d'étudier la lumière circulant dans les maisons à travers la baie des hautes fenêtres, l'œil très subtil du peintre ne pouvait s'empêcher de s'émouvoir aussi de la clarté du dehors et surtout ne pouvait s'abstraire de la contemplation de la mer. Le paysage marin le requit dès ses premiers travaux. Et voici l'*Estacade* et la *Mer grise* et la *Dame au brise-lame* (1880); et voici *Marine* (effet de soleil), la *Dune noire* (1881); et voici les deux*Marines* et le *Brise-lame* (1882); et voici *Dune* et *Mer* et *Marine* (l'après-midi) (1883) et les *Barques* et la *Marine* (1884). Cette dernière se distingue par sa belle teinte verdâtre et par son aspect de simplicité et de grandeur. Un seul navire en sillonne l'étendue et l'impression de l'immensité se dégage toute entière. Supposant à la *Marine* (1884) voici le *Coucher de soleil* (1885) dont l'horizon déchiqueté de lueurs saumonées et de nuages violets multiplie le ton et fait songer à quelqu'énorme oiseau de flamme qu'on déplumerait, au bord de l'espace. La mer fut pour l'œil d'Ensor une admirable éducatrice. Rien de plus tenu et de plus frêle que la coloration d'une vague avec ses infinies désinences, avec sa mobilité lumineuse et myriadairement changeante. Quand elle s'épand au soleil sur le sable micassé de la grève, les tons les plus purs et les plus clairs des toiles les plus célèbres semblent grossiers et troubles.

Oh l'admirable tâche que celle du châle de la *Dame au châle bleu.* Déjà dans le *Flacon bleu* (1880) cette couleur fut propice au peintre. Elle lui a confié, peut-on dire, ses secrets les plus cachés. Certes, aucune couleur n'existe par elle même. Elle emprunte sa sonorité soit à l'ambiance, soit directement au ton voisin. Qu'importe! Certaines profondeurs, certains éclats, certaines violences heureuses de ce fragment du spectre n'auront été connus et rendus que par Ensor.

Voici une page capitale: la *Mangeuse d'huîtres.* C'est la seule œuvre dont il ait fait une réplique. Elle fut en 1882 refusée au *Salon d'Anvers;* en 1883 elle ne fut point admise à l'*Essor.* Ce n'est qu'en 1886 qu'elle s'épanouit, à la cimaise, aux *XX.* Elle y fit scandale. Je me souviens encore des colères qu'elle déchaîna.

On ne voulut voir en cette merveille que les défauts, nécessaires, peut-être, en tous cas secondaires; et chacun, comme s'il était heureux de blâmer, d'éclabousser et de nier, piétinait dans le parti-pris, se refusait à toute louange et tournait le dos à la plus élémentaire justice.

Et pourtant ce tableau imposera sa date dans notre école. Comme le peintre s'y affranchit des fonds sombres et quelquefois opaques pour hardiment n'employer que des tons francs et quasi purs! Quelle joie, quelle fête, quelle liesse de couleurs répandues sur la table où la mangeuse a pris place! Bouteilles, verres, assiettes, citrons, vins, liqueurs s'influencent, se pénètrent de lueurs, entrent pour ainsi dire les uns dans les autres et maintiennent quand même, triomphantes, la solidité et la rigueur de leurs formes. Et cette admirable note rouge que jette la reliure d'un livre placé sur une tablette dans le fond de la toile! Et la belle chair vivante des mains et du visage. Et les plis bleuâtres de la nappe et tout enfin.

Certes, depuis qu'il peignait, James Ensor avait banni de sa palette la *terre de Sienne brûlée* et le *noir de vigne*; certes, depuis toujours, il s'était défié de ce qu'on appelait «les vigueurs» obtenues par l'abus des mauvaises et fuligineuses couleurs; certes enfin, il s'était soucié d'atmosphère, d'air ambiant et de réelle et authentique clarté, mais jamais comme en cette étonnante *Mangeuse d'huîtres* ses efforts n'avaient abouti, ni sa victoire porté la flamme de ses drapeaux aussi haut, ni aussi loin. L'œuvre revêt je ne sais quel caractère historique. C'est le premier tableau, vraiment clair, qu'on fit chez nous.

La Mangeuse d'huîtres, sur l'escalier tournant de l'art d'Ensor, semble s'étaler sur un large et triomphal palier. Aux yeux du peintre pourtant, elle est moins encore un point d'arrivée qu'un point de départ. Comme le *chou* datant de 1880, elle lui ouvre l'ère de la peinture à tons purs ou quasi purs. Mais Ensor est celui qui cherche toujours. Il suit, peut-on dire, plusieurs chemins à la fois. Il ne se détourne ni de la mer, ni du paysage, ni de la nature-morte. Le voici qui parachève, en 1883 et 1884, les *Toits d'Ostende, Grande vue d'Ostende, le Nuage blanc, le Houx, la Dune, Vue de Bruxelles.* Et les *Pochards* et les *Masques scandalisés* et le *Meuble hanté* le retiennent en même temps au royaume de la fantaisie et de l'hallucination.

Et voici dans la toile le *Christ marchant sur la mer* qu'une voie nouvelle semble s'ouvrir encore. Un souci de composition particulier s'accuse. Prenant comme thèmes quelques sujets bibliques, le peintre se hausse soudain jusqu'au rôle de visionnaire. Les personnages n'occupent, dans mainte de ses toiles étonnantes, qu'un place minime. A première vue on ne les y distingue guère. Il les y faut chercher. Ils paraissent faire partie des éléments: vents, nuages, flots, soleils. Les maîtres anciens donnaient invariablement dans leurs œuvres la place prépondérante aux actions humaines. Dans le déploiement des légendes à travers la peinture universelle, les Dieux et les hommes existent seuls. Mais au fur et à mesure que l'idée de force s'est déplacée et modifiée et que l'humanité comprend que l'être humain n'est qu'un tourbillon de pensée emportée dans le vertige des puissances cosmiques, l'importance de ses gestes a décru.

Le Christ marchant sur la mer est conçu d'après les mêmes pensées. C'est la mer, c'est le ciel qui remplissent de leur immensité la toile entière. A peine une auréole, à peine une lueur se dégageant d'une forme vague, indique-t-elle le prodige.

L'effet surnaturel est produit sans que la couleur se mélodramatise de violentes oppositions de noirs et de clairs. La tonalité générale reste lumineuse, magnifiquement. On y surprend quasi de la délicatesse. Mais les lignes tumultueuses sont bien appropriées au sujet et la fougue des touches émerveille.

On peut rattacher à ce cortège de paysages animés de légende et d'histoire quelques autres pages: *le Feu d'artifice* (1887) et *le Domaine d'Arnheim*(1890).

Une gerbe jaune, immense se projette sur un ciel bleu foncé comme si tout à coup s'ouvrait un cratère. Effet très simple. On dirait que la fureur des tempêtes calmées par le Christ marchant sur les eaux ou la colère des cieux se déchaînant sur Adam et Eve subsistent encore dans l'esprit du peintre.

Quant au *Domaine d'Arnheim* il suscite devant les yeux un bois profond que baigneraient des flots calmes. Une barque les sillonne. Le titre, fourni par Edgar Poe importe, bien qu'on l'ait trouvé inutile. Il nous transporte hors de la réalité, vers quelque lieu illusoire et magnifique où règnerait un calme d'or parmi des îles d'ombre majestueuse, touffue et silencieuse. Quand il composa le *Domaine d'Arnheim*, l'esprit du peintre s'était de plus en plus retiré de la contingence quotidienne; il commençait à vivre en plein monde imaginaire; il était déjà hanté. C'est à ces dispositions spirituelles qu'est due la manière de traiter ce paysage. On peut croire en effet que ce morceau de nature est tout entier arraché à l'imagination ou bien que, là bas, quelque part au bout du monde, sous un ciel inconnu, il s'étale et fleurit, sans que jamais quelqu'un, à part son mystérieux visiteur, ne l'ait parcouru. Plus tard, bientôt, ces îles, ces eaux et ces jardins seront, grâce au rêve de James Ensor, peuplés de masques et de pierrots et d'arlequins et de colombines. Ils s'intituleront alors le *Théâtre des masques.* Et ce seront ses *Fêtes galantes* à lui, certes moins charmantes que celles de Watteau, mais plus folles, plus fusantes, plus papillotantes et plus fiévreuses.

Continuant, après la *Mangeuse d'huîtres,* sa marche vers la clarté et s'attardant non plus dans le rêve et la légende mais dans la réalité vécue et quotidienne, Ensor propose à notre admiration les *Enfants à la toilette* (1886). Et c'est dans une chambre, deux enfants nus, l'un debout, l'autre assis, que la lumière, tamisée à travers les rideaux, baigne. L'atmosphère est ambrée, frêle, douce, chantante. Les chairs roses, délicatement, s'étalent dans un jour doré sans qu'aucune brutalité, aucun heurt, aucune dissonance ne dissipe l'impression de calme et de fraîcheur et d'innocence qui émane de la toile. La *Mangeuse d'huîtres* proférait des tons pleins, entiers, majeurs; les *Enfants à la toilette* n'émettent au contraire que des tons atténués, assourdis et mineurs. Mais si l'on tient compte de l'aiguë difficulté que les peintres rencontrent à faire jaillir, non pas de l'opposition ni du contraste, mais d'un assemblage de teintes voisines, la lumière, les *Enfants à la toilette* étonneront plus encore que la *Mangeuse d'huîtres.* La clarté apparaît diffuse, elle ne s'accroche à rien, elle ne fait aucune saillie; elle glisse sur les meubles, les tapis et les chairs. La transparence des stores baissés est parfaite. Jadis avec des tons profonds et noirs, Ensor résolvait dans l'*Après midi à Ostende* un problème analogue. Tout y était fort et discret, dans l'ombre. Ici tout est fort et discret, dans la clarté.

Enfin voici une toile, toute en tons purs cette fois et toute en violence, où la réalité se mêle à la fantaisie, où les deux routes suivies par l'artiste se rejoignent. La page est intitulée *Le Christ faisant son entrée à Bruxelles.* Elle ne fut jamais exposée. La date?—1888. C'était le temps où les néo-impressionnistes ameutaient les ateliers parisiens. Georges Seurat avec sa théorie de la décomposition lumineuse ou de la division du ton apportait vraiment dans l'art de son temps un procédé inédit. On l'invitait aux *XX.* Ses toiles y faisaient scandale. L'évolution lente de l'impressionnisme semblait comme suspendue au profit d'une révolution soudaine. De nombreuses conversions esthétiques eurent lieu. Ce fut une sorte de cataclysme magnifique.

Croquis.

La grande part de vérité que Seurat apportait ne put laisser insouciant un esprit aussi attentif et aussi inquiet que celui de James Ensor. Toutefois, après réflexion, il n'adopta point les théories nouvelles et voici les raisons qu'il en donne.

«Les recherches des pointillistes m'ont laissé indifférent: ils n'ont cherché que la vibration de la lumière. En effet ils appliquent froidement et méthodiquement leurs pointillages entre des lignes correctes et froides. Ce procédé uniforme et trop restreint défend d'ailleurs d'étendre les recherches et de là résulte une impersonnalité absolue dans leurs œuvres, si bien que les pointillistes n'atteignent que l'un des côtés de la lumière: la vibration, sans aboutir à donner sa forme. Mes recherches et ma vision à moi s'éloignent de la vision de ces peintres et je crois être un peintre d'exception.»

Ne retenons de ces lignes que la dernière affirmation. Qu'Ensor soit un peintre d'exception, rien n'est plus juste. Sa nature est trop spéciale pour que jamais elle lui permette d'être d'un groupe. Le néo-impressionnisme exigeait une discipline, portait en lui un enseignement, élaborait un programme. Dès ce moment le peintre ne le pouvait admettre. Ce qui caractérise la personnalité d'Ensor c'est le libre-vouloir. Sitôt qu'un désir lui vient, il le satisfait. Sa tête est une chambre ouverte où tantôt les idées, tantôt les rêves, tantôt les folies, s'installent. Et le néo-impressionnisme lui apparaissait comme une prison.

Mais, tout en tournant le dos à l'esthétique de Seurat, il voulut, lui aussi, se signaler par de très nettes audaces. Il ne pouvait nier d'ailleurs que la nouvelle école, plus qu'aucune autre, ne purifiât la vision. Les couleurs dont elle préconisait l'emploi étaient les couleurs mêmes du prisme, les couleurs vierges, primitives, intactes. Toute l'ancienne palette était comme abolie et le spectre solaire prenait sa place. La virginité totale du ton devint un objet de conquête. Déjà Turner, et à sa suite tous les impressionnistes, s'étaient essayé à créer cette virginité et à l'imposer à leur œuvre; ils s'y étaient pris empiriquement, en se fiant à la subtilité et à la délicatesse de leur œil. Les nouveaux-venus, jugeant cette conquête incomplète, purifièrent en quelque sorte cette pureté hésitante et tâtonnante et grâce aux découvertes scientifiques la proclamèrent certaine et sûre. Et leurs toiles étaient en effet lustrales plus que nulle autres. On eût dit qu'elles portaient en elles la grâce d'un éclatant et violent baptême.

Dans son *Entrée du Christ à Bruxelles* on peut croire qu'à son tour, comme pour défier le néo-impressionnisme, Ensor ait voulu rebaptiser sa peinture. Il en a augmenté encore et vivifié la clarté. Et les principales étapes qu'il suivit pour aboutir à cette victoire furent, comme nous l'avons dit, le *Chou* (1880), la *Mangeuse d'huîtres* (1882) et les *Enfants à la toilette* (1886). Son évolution entière fut donc longuement préparée, logique et personnelle.

Le sujet du *Christ faisant son entrée à Bruxelles* peut certes déplaire. On y voit l'homme-Dieu mêlé grotesquement à nos pauvres, féroces et actuelles querelles. Il assiste au défilé mouvant et tumultuaire des revendications politiques et sociales, comme un banal élu—bourgmestre, échevin, député—un jour de manifestation déchaînée. Il voit passer les fanfares doctrinaires, les charcutiers de Jérusalem et des banderoles et des drapeaux se déroulent et inscrivent en leurs plis «Vive la Sociale et vive Anseele et Jésus».

A ne juger que la plastique et la forme, l'œuvre fourmille de défauts, mais la couleur en est triomphante. Les bleus, les rouges, les verts, soit juxtaposés, soit divisés entre eux par des blancs larges, sonnent comme une charge de tons purs et leur bariolage audacieux, parfois brutal, impressionne la rétine lyriquement. Au surplus l'ironie du peintre se donne, ici, libre carrière. On ne peut exiger de lui qu'il prenne au sérieux n'importe quelle démonstration populaire. La ruée du peuple à travers les places se boursoufle, pour ainsi dire, de visages tuméfiés, de ventres formidables que les masques et les oripeaux revêtent de leur invraisemblance. Mais, grâce à cette exagération savoureuse, grâce à l'exaltation des tons crus qui parfois se rapprochent des tons d'une affiche, grâce peut-être au désordre même de la composition, l'ensemble donne une âpre, farouche et tintamarrante sensation de vie. Ensor se plaît d'ailleurs à ces caractéristiques évocations de foules. Il les multiplie à travers toute son œuvre. Il les rêve compactes, serrées, formidables. Elles apparaissent comme étouffées dans les rues et étranglées aux carrefours. Les maisons, les monuments, les balcons, les toits semblent subir l'entraînement de la poussée unanime et dans une eau-forte célèbre on pourrait croire que la multitude—si dense qu'un caillou jeté sur elle ne trouverait point un interstice assez large pour choir à terre—porte, comme une chasse, une cathédrale entière sur ses épaules.

Cette manière de peindre à grands tons plats et clairs que James Ensor adopta dans l'*Entrée du Christ à Bruxelles*, il la gardera longtemps et l'emploira souvent dans ses études baroques et macabres de pierrots et de bouffons. Mais avant de parcourir cette province large et pittoresque de son art, qui lui fit donner le nom de «peintre de masques», il importe d'insister sur son talent de portraitiste et de nature-mortier.

Il serait surprenant qu'Ensor, aimant avant tout au monde son art et par conséquent chérissant surtout celui qui le fait, c'est à dire lui-même, n'eût multiplié à l'infini sa propre effigie. Ajoutons qu'en se regardant, en un miroir, il a toujours à portée de main, de brosse et de palette, un modèle complaisant et gratuit.

Dès ses tout premiers débuts, aux temps lointains et maudits où il s'égarait à l'académie, il traduit ses traits (1879); en 1880 il se repeint; en 1883 encore et en 1884 il se dessine. En 1886 il fixe au crayon quatre fois son image; en 1888 il se déguise et se reproduit au pinceau. Dans l'*Ecce-Homo*, c'est lui qui apparaît flanqué de ses deux bourreaux MM. Fetis & Sulzberger; en 1891 parmi ses dessins fantasmagoriques il prend place; en 1899 il s'entoure de masques et dans nombre de compositions son visage tantôt hilare, tantôt mélancolique, tantôt angoissé et piteux, s'impose. Il est en quelque sorte la figure centrale de tous ses rêves. Et c'est logique et c'est humain qu'il en soit ainsi. On pourrait serrer de près sa psychologie, rien qu'en analysant ses portraits aux différentes saisons de son art et l'être insaisissable qu'il est se dévoilerait peut-être mieux, grâce à cette méthode, que par l'examen de ses gestes quotidiens dans la vie.

De ses représentations si variées et si nombreuses, je retiens la première. En veston havane, sa palette à la main, à l'atelier, il se campe devant son chevalet. Il est jeune, l'œil clair, l'allure attentive et naïve. La vie hostile ne l'a point encore touché. L'œuvre est comme joyeuse; de belles taches claires s'y rencontrent. On y devine le coloriste qu'il est.

Suit l'effigie de la *Mère de l'artiste*. Robe noire et col en dentelles. Trois roses groupées, comme ornement. Simplicité absolue dans la pose; les traits sont âprement caractérisés. De loin, le modèle fait songer à quelque dame qu'aimait à peindre d'une manière brusque, scrupuleuse, aiguë, le grand Goya.

La Mère du Paintre

Trois ans plus tard s'achève le portrait d'Eugène Demolder et en 1895 celui de M. Culus. Enfin voici le dernier portrait en date (1907). Il représente Mme Lambotte, d'Anvers.

Le personnage est assis au centre de la toile, vêtu d'une robe bleue et d'un grand châle vert. Admirable accord que celui de ces deux tons principaux. A gauche une table. La main droite du modèle s'y appuie sur un bibelot japonais. Au fond, mais bien à leur plan malgré la vivacité de leurs teintes, apparaissent les *Masques scandalisés* et quelque scène du conservatoire de Bruxelles où le maître *Gevaert dirige les chœurs*. L'œuvre est intéressante à préciser. La figure est traitée, délicatement; le chapeau est d'une fraîcheur comme florale. On dirait que le personnage est rentré d'une excursion aux champs et qu'il retient sur lui quelque chose de la limpidité et de la bonne odeur champêtres. Les yeux vivent d'une vie charmante; les cils sont peints, hardiment, en bleu. Et cette couleur si éloignée du ton local est d'une justesse admirable dans l'ensemble. Tout ainsi revêt une vibration aiguë et subtile à qui sait voir les objets non plus dans leur réalité plate, mais dans leurs rapports avec un rêve de couleur et de lumière. Il faut qu'un artiste vrai ne tienne presqu'aucun compte de la vue banale des choses et qu'il ne les voie que comme prétexte à interprétation belle. Tout se peut transposer d'une vie dans une autre, de la vie commune dans la vie de l'art. La couleur unique dont il faille se soucier est celle qui fait bien sur la toile et affirme et soutient et rehausse son harmonie. Ensor a nettement obéi à cette loi dans le portrait de Mme Lambotte.

On peut donc lui reprocher parfois que ses morceaux de viande, ses choux, ses fruits, ses pots, ses vaisselles manquent de fermeté ou de poids. Il en conviendra certes. Mais que lui importent ces remarques terre à terre. Il existe une sorte de réalité esthétique plus haute que la réalité authentique. Cette réalité ou plutôt cette vie est atteinte par de purs moyens d'art. Ils réalisent les harmonies impeccables et glorieuses du ton, les sensibilités merveilleuses des ombres et les joies de la calme ou triomphante lumière. Quand ce haut résultat est atteint il efface—surtout qu'il s'agit, en ce cas-ci, de simples natures-mortes—toute critique vétilleuse et tatillonne. On ne sait quel trophée choisir parmi tant d'éclatantes conquêtes du pinceau. Vases de Chine aux tons laiteux, statuettes esquissées en quelques coups de brosse, soies, linges, étoffes, écrans, éventails fins et légers, tout le magasin familial de la Rampe de Flandre a traversé l'imagination de l'évocateur.

Sur tel panneau, on croit surprendre la vie des mollusques au fond même de la mer. Il date de 1895. Un grand coquillage bistre domine, la pointe en l'air, comme en pyramide, d'autres coquilles, les unes vertes, les autres roses, et cet arrangement comme maladroit semble le fait même de ces bêtes lentes et visqueuses. Le dessin en est très ferme et comme écrit. Il insiste sur chaque circonvolution et sur chaque spirale. Et voici—contraste brusque—deux bulbeuses et légères grappes de raisin, l'une bleue et l'autre rose-cerise, avec un oignon, une noix et une poire, la queue dressée. Ensemble presque transparent. Il est si frais, si lucide, si délicat qu'on le dirait comme baigné de rosée.

L'entrée dans le royaume des masques dont James Ensor est roi, se fit, lentement, inconsciemment, mais avec une sûre logique. Ce fut la découverte d'un pays, province par province, les lieux pittoresques succédant aux endroits terribles et les parages tristes prolongeant ou séparant les districts fous. Grâce à ses goûts, mais aussi grâce à son caractère, James Ensor n'a vécu pendant longtemps qu'avec des êtres puérils, chimériques, extraordinaires, grotesques, funèbres, macabres, avec des railleries faites clodoches, avec des colères faites chienlits, avec des mélancolies faites croque-morts, avec des désespoirs faits squelettes. Il s'est improvisé le visiteur de lamentables décroche-moi-ça, de malodorantes arrière-boutiques de marchandes à la toilette, de piteux bric-à-brac en plein vent. Il a vagué par des vallées de misère où lui apparaissaient des pierrots malades, des arlequins en goguette, des colombines soûles. Parfois, comme un ménétrier fantasque, il montait sur un tonneau et sur la place de je ne sais quelle ville du pays de Narquoisie, il agitait, au son d'un rebec invisible, en un trémoussement soudain, toute cette joie lugubre et bariolée. Il pleurait peut-être lui-même en peignant tel masque hilare ou souriait en dessinant telle tête de mort. Les contrastes les plus aigus devaient lui plaire et il les réalisait en oppositions violentes, les rouges, les bleus, les verts, les jaunes se donnant comme des coups de poings sur la toile. L'art d'Ensor devint féroce. Ses terribles marionnettes exprimaient la terreur au lieu de signifier la joie. Même quand leurs oripeaux, arboraient le rose et le blanc, elles semblaient revêtir une telle détresse, elles semblaient incarner un tel effondrement et représenter une telle ruine qu'elles ne prêtaient plus à rire, jamais. J'en sais d'une angoisse de cauchemar. Et la camarde se mêla à la danse. Le squelette lui-même devint tantôt pierrot, tantôt clodoche, tantôt chienlit. Masque de vie ou tête de mort s'identifiaient. On ne songeait plus à quelque carnaval lointain d'Italie ou de Flandre, mais à quelque géhenne ou les démons se coiffaient de plumes baroques et s'affublaient de draps-de-lit usés, de bicornes invraisemblables, de bottes crevées et de tignasses multicolores. C'est pendant les mauvais jours de sa vie que James Ensor donna cette signification pessimiste à ses fantoches.

Dans ce pays imaginaire, d'où la farce classique semble bannie, évoluent le masque Wouse et Saint Antoine, les diables Dzitss et Hihahox, les pouilleux Désir et Rissolé, les soudards Kès et Pruta et l'on y rencontre la ville de Bise et le territoire de Phnosie. Rien que ces appellations et ces noms, venus d'on ne sait quelle région d'un cerveau hanté, renseignent sur la très spéciale imagination d'Ensor. Au reste, pour animer pendant vingt-cinq ans un peuple aussi grouillant d'êtres chimériques et les douer d'une psychologie aussi étonnamment variée, fallait-il que le monde de la démence fût naturellement pour le peintre un monde de prédilection et de choix. Certes, croyait-il à tout l'invraisemblable, à tout le baroque, à toute la folie et ne recouvrait-il la lucidité qu'à l'heure où il s'asseyait devant sa toile et choisissait ses couleurs et harmonisait ses tons. Il a réalisé admirablement cette vie double.

Toutes ces petites toiles sont franches, sincères, nerveuses. L'ostéologie des squelettes est amoureusement étudiée. Parfois sur leur crâne lisse se distinguent des lignes pareilles à celles des cartes de géographie et l'on peut croire que le peintre se plaît à inscrire le monde sur l'os d'un front. Le trou des yeux est approfondi. On y surprend, dans le vide, on ne sait quelle fixité qui donne l'illusion d'un regard. Ce n'est certes plus le squelette tel que le comprenait le moyen-âge. C'est plutôt celui qui sort des cabinets d'anatomie, des laboratoires et des hôpitaux. Il ne fait pas songer à tel macabre philosophe qui moralise dans la danse de Holbein ou dans les fresques de la Chaise-Dieu; il n'est pas chrétien. Il s'est renouvelé; il est de notre temps. Il représente non plus les croyances, mais les idées et les sentiments.

Même dans ses *Tentations de Saint-Antoine*, Ensor ne prétend ni prêcher ni évangéliser. Le tohu-bohu de ces apparitions charme presque et devient, en ce sujet légendaire, quasi bon-enfant. Le peintre adore y semer des corps de femmes grosses et cocasses, des diables fluets et malins, des monstres improbables et ridicules. Le pittoresque de ce cauchemar chrétien le tente plus que son horreur. Et c'est en dilettante de l'impossible qu'il s'y affirme et non pas en vengeur du vice ou en champion de la vertu. Il cultive l'angoisse, ailleurs. Il la cultive en lui-même. Dans le *Portrait du peintre entouré de masques* (1899), appartenant à M. Lambotte, d'Anvers, il s'affuble d'un costume étrange, il se couronne de plumes et de fleurs, il se déguise lui-même comme pour donner plus congrûment audience au peuple entier de ses fantômes. L'œuvre est haute en couleur; toute la palette ardente et sonore est employée; la joie s'affiche; on songe à un triomphe et pourtant que de cris poignants, que de violence et de fureur ces faces impassibles n'expriment-elles pas? Tel visage morne et blême rappelle une tristesse passée, tel autre une inquiétude présente; celui-ci, avec ses joues pesantes, avec ses yeux comme pincés en des étaus de graisse, rit d'un malheur qui viendra; celui-là, bonasse et rougeaud, détaille quelque farce funèbre ou pavane sa santé gonflée et balourde au-devant de la maladie qu'il annonce. Tous les sentiments humains se laissent deviner. Le plaisir, le chagrin, l'audace, la peur, l'espoir, la transe, l'orgueil, le doute, la force, l'abattement, la roublardise, la ruse, l'ironie, la détresse, le dégoût. C'est un formidable bouquet dont les fleurs seraient des bouches, des nez, des fronts, des yeux et qui toutes, ou presque toutes, malgré leur beauté et leur éclat seraient capiteuses et empoisonnées. Chacune a une signification nette et un langage précis quoique muet. Et les masques surgissent de partout: à droite, à gauche, du haut, du bas. Le champ tout entier de la toile en est comme encombré: ils se pressent, se tassent, s'enfièvrent. Il faut qu'ils assiègent le peintre, qu'ils le dominent, le hantent et l'hallucinent, qu'ils se moquent des roses et des plumes que sa tête arbore, qu'ils lui crient leur inanité et la sienne et lui fassent comme la leçon terrible de la mort. Lorsqu'Ensor introduisit en sa peinture un tel peuple étrange et tragique de masques, peut-être ignorait-il lui-même qu'à un certain moment ils lui fausseraient à tel point la notion du réel qu'il ne verrait plus qu'eux de vraiment vivants sous le soleil et qu'un jour il prendrait place parmi leur multitude comme s'il était lui-même quelqu'un de leur lignée et de leur race. Car il ne se peut pas qu'il n'ait subi, à certaines heures, une telle illusion dominatrice et qu'il n'ait fini par voir, avec ses yeux ouverts en plein jour à la lumière, l'humanité entière comme un ensemble de grotesques et de fantoches. Son art terrible et rêveur a dû l'affoler à ce point, fatalement.

IV.

LES DESSINS

Ensor a nettement distingué dans son œuvre le dessin du peintre et le trait du dessinateur. J'en donnai les raisons: elles me semblent plausibles. Pointe et pinceau ne furent jamais à ses yeux des instruments identiques.

Nous voici en présence d'un nombre infini de pages où le fusain, la plume et le crayon se sont appliqués à fixer la vie ou le rêve. On les peut diviser aisément en catégories: les croquis; les dessins de caractère; les dessins atmosphérés; les dessins à lignes pures et les dessins ornementaux. Il est certes piquant de constater que c'est précisément celui parmi nos grands artistes qu'on accuse peut-être le plus de négliger le dessin qui surtout le cultive. S'il rassemblait tous ceux qu'il a faits, ils formeraient une bibliothèque.

Je sais des notations où quatre à cinq traits nettement placés expriment l'enveloppe, la masse et l'attitude momentanée d'un personnage; voici, d'un coup de crayon, la marche, l'inclinaison, la vitesse d'une jambe traduites; le mouvement d'un dos, l'affalement d'une hanche, le bondissement d'une croupe, la tension d'un cou reproduits. Tout cela est preste, vivant, soudain. Sur une seule page, cinquante petits bonshommes se meuvent, s'agitent, passent, viennent, s'arrêtent, s'assoient, s'affalent et le crayon Conté note, détail par détail, leurs particularités et leurs manières d'être et compose comme une faune amusante des passants de la rue moderne. Je connais tels croquis où James Ensor, profitant des menus défauts du grain ou de la trame d'un papier, a composé une *Chute des anges rebelles* en tenant compte de ces accidents de matière. Des mouvements inattendus se devinent, des grappes de muscles et de chairs pendent et se contractent, une cataracte de dos, de ventres et de têtes se précipite, une impression de ruée est merveilleusement rendue et tout cela n'est que du hasard souligné par un crayon, dites combien habile et preste?

Le jour où le peintre s'intéressa à l'existence des marins et des gens du port—plus tard ils lui fourniront et ses pouilleux et ses masques—ce fut par des études au fusain qu'il manifesta son enthousiasme. Il possède toute une suite de dessins supérieurement conduits où s'offrent en leurs attitudes quotidiennes les vieilles à mantelets, les mousses en vareuses, les vieux pêcheurs échoués comme leurs barques au long des quais et les gars solides et râblés qui demain s'en iront vers la mer. Puis se caractérisent encore les ouvriers, les petits musiciens, les poissardes mélancoliques, les mangeurs de

27/49

soupe, toute une population de déjetés et de miséreux. Toutes ces pages témoignent d'une sagesse et d'une sûreté indéniables. Dès que le peintre le veut, il réalise aussi bien que quiconque la correction du dessin et la proportion des diverses parties d'un corps humain. Je ne puis m'enlever du souvenir tel *Gamin en casquette* aux lèvres grosses, au nez compact, à l'œil légèrement triangulaire, ni cette ferme et précise étude de *Main tendue*où l'ossature des doigts dans la peau détendue et les bosses des muscles apparaissent si nettement, ni ce *Vieux cheval* noueux, maigre, efflanqué et comme diminué qui se tient avec peine debout entre deux brancards, ni surtout cette adorable tête d'*Enfant endormi* dont la bouche entr'ouverte est d'une vie si vraie et dont l'œil est si délicieusement clos. Comme on sent le sommeil et non la mort!

Croquis.

Rendre la matière, scrupuleusement, fut la tâche qu'Ensor s'assigna dans tels dessins: ferrailles, armoires, clefs, rideaux, étoffes, lustres, coffrets. Il y réussit, sans se tromper jamais. Son crayon fouille, comme un outil sûr, les fibres et les nœuds du bois ou rend avec bonheur l'usure des bosses et des reliefs. On pourrait deviner si tel meuble est en chêne ou en noyer. Assurément—tant l'exactitude est grande—s'aperçoit-on s'il est plaqué d'acajou. Les ornements d'acier ou de cuivre sont creusés dans leurs ombres ou caressés sur leurs lueurs; un rinceau, une courbe, une volute est rendue avec dextérité. Autant le pinceau est léger et souple à fleur de toile, autant la pointe est insistante et vigoureuse sur le champ des feuillets. De même l'ampleur lourde et molle d'un rideau de laine qu'une grosse cordelière retient est offerte au toucher et semble pouvoir renfermer en ses plis jusqu'aux mites et aux poussières. Bien plus. Ces dessins, encore que littéraux, sont doués d'une vie ample. Ils n'ont rien d'industriel. Si pour James Ensor certains meubles sont hantés, tous les objets frissonnent, bougent, sentent. La cruauté séjourne dans le couteau, la discrétion dans la clef et le fermoir, le repos et la sécurité dans le bois. Rien n'est mort, complètement. Chaque matière renferme en elle sa tendance, sa volonté et son esprit. Elle est créée pour un but. Elle doit donc avoir comme une âme qui tend à une fin et c'est précisément cette âme qui seule nous intéresse dans l'inanimé et qui seule constitue, aux yeux d'un artiste, la beauté des choses les plus quelconques. A côté de ces dessins très écrits, James Ensor en a réussi d'autres entièrement baignés d'atmosphère. Un modelé frêle les distingue. Ils participent plus que les autres à la vie universelle, aux variations de l'heure. Pour les réussir il faut un tact spécial. Ils sont d'un grain menu et d'une fragilité choisie. Certains apparaissent comme faits avec de la poussière rassemblée dans les ombres et dispersée dans les clairs. Des gris tendres savamment distribués en constituent la beauté précieuse. Voici le*Portrait de Madame Rousseau*. Elle est assise à l'avant-plan, parmi des meubles familiers, non loin d'un bas-relief. Le jour est tamisé; tout est en infimes nuances et en atténuation. Il en résulte une impression de douceur et de calme si grande qu'une mouche survenant la troublerait, malencontreusement, du simple bruit de ses ailes.

Mon père mort est conçu dans le même esprit. La page est solennelle, sobre, émue. On aperçoit seulement la tête posée parmi les draps que légèrement quelques tons blancs rehaussent. A traits fins, la barbe et les cheveux sont rendus. Le crayon Conté et le crayon gras out introduit le jeu de leurs différentes accentuations dans les parties sombres. L'ombre s'anime, mais uniquement afin d'éviter qu'elle ne soit opaque: il faut que la seule sérénité règne dans l'étude entière. Le dessin est du reste irréprochable. Le nez, les yeux et le front sont nets sans dureté, les chairs sont admirablement apâlies quoique consistantes encore.

Cette même manière de nuancer un dessin sans l'affadir ni le banaliser se retrouve dans le *Portrait de ma mère*, appartenant à M. Goldschmidt, et dans les *Squelettes musiciens*. Devant une armoire où s'étale un crâne sans mâchoire, apparaît un squelette introduisant le bec d'une clarinette dans sa bouche sans dents. Un manche de violoncelle s'élève non loin de lui. Ces deux crânes sont étudiés avec un art parfait. Chaque relief, chaque méplat, chaque partie osseuse avec ses stries et ses méandres est rendu comme un artiste gothique se serait plu à les traduire. Faire attentif, serré, scrupuleux. Impossible de pousser plus loin l'attention minutieuse, ni la probité appliquée. Et quelle aisance, quelle apparente facilité, quelle ductilité et quelle flexibilité prestigieuse des doigts. Et combien tout est sûr et savant!

La ligne même, la ligne pour elle-même, la ligne simple et jolie, la ligne belle et enveloppante séduisit à son tour la main chercheuse de James Ensor. Et voici la *Vénus à la coquille* dont le corps souple, limité par un trait gracieux et flexible, surgit, avec, entre ses doigts, une pomme. Les jambes, le torse, le ventre et les bras sont suffisamment modelés pour qu'ils donnent la sensation d'exister vraiment et n'être pas uniquement des blancs sur un papier. Mais c'est l'arabesque sinueuse séparant la Déesse de l'ambiance qu'on admire surtout et qui étonne par sa souplesse. On songe à quelque fleur délicate et haute.

Les sujets ornementaux, avec leur fantaisie violente et leur parodie épique ont tenté à maintes reprises le crayon d'Ensor. L'histoire, la légende, les coutumes lui fournissent leurs thèmes. Il les transforme selon son humeur, son caractère, sa nature. Ils ne sont pour lui que des sortes de tremplins sur lesquels sa verve et sa raillerie bondissent. Les batailles surtout le requièrent. Grâce aux coups donnés, aux plaies reçues, grâce aux déhanchements du corps qui frappe et aux chutes des corps qui succombent, grâce aux contorsions qu'il suppose et aux pirouettes qu'il imagine, un combat se présente à lui avec délices. L'horreur réelle en est supprimée au profit de la truculence et du pittoresque. Ou bien encore c'est dans quelque décor moyen-âgeux, sur une place meublée de maisons hautes et pointues, quelque drame violent: *Sorcière qu'on brûle, Patrons de cathédrale, Vierges aux navires, Soudards entrant en des cités étranges.* Ou bien encore, dans un site d'hiver quelque folâtre et compliquée scène de *Patinage*ou bien enfin quelque *Parade dans une arène de cirque.* Celle-ci amuse immédiatement par la gymnastique baroque des clowns et les sauts invraisemblables des paillasses. On croirait assister à quelque liesse d'escargots, à quelque fête de chenilles. Des êtres contournés, girouettants, tire-bouchonnés permettent au dessinateur de réaliser, par des volutes charmantes et placées chacune à quelque endroit précis et heureux de la page blanche, une ornementation inédite qui charme l'œil immédiatement, sans examen, et divertit l'esprit sitôt qu'il s'attarde.

Toutefois le motif le plus célèbre est traité dans la *Bataille des Éperons d'or.* Les communiers flamands sont rangés à droite, coiffés de casques inusités, armés de massues buissonneuses et présentant des «goedendags» pareils à des reptiles. Courtrai avec ses tours, ses remparts et ses moulins, se devine, là-bas. Ils la défendent et leurs lignes rangées et pointues s'étendent devant elle, comme une succession de haies où flotteraient, ci et là, des drapeaux. Le lion noir de Flandre orne la plus haute bannière.

A gauche, mais à l'arrière-plan, apparaissent les chevaliers français sur leurs chevaux rapides et ployés en arc de cercle. Cimiers, panaches, lances, épées, bannières, tout flotte ou se dresse au vent. Derrière eux un incendie s'allume et l'horizon est peuplé de nuages capricieux et tourmentés.

Au milieu la bataille: foulons, tisserands, bouchers assaillent et désarment les ducs et les barons. Des jambes, des têtes, des bras encore armés de fer et d'acier gisent à terre. On a coupé les corps comme aux abattoirs. Un cheval est tombé pattes en l'air, une flèche fixée au gras de sa croupe. Voici un communier pendu à la queue d'un coursier; un autre se soulage et fait un pied de nez aux charges qui approchent. Les chevaux ruent, s'effrayent, s'abattent. Une mêlée grotesque s'éparpille en mille actions non pas d'éclat, mais de gaieté baroque et de risée. L'invention est spontanée, abondante, joyeuse. On assiste à une dépense de jovialité narquoise et d'humeur pavoisée. Les drapeaux qui flottent, les armes qui se dressent, les rayons du soleil, les banderoles des nuages ne sont présentés à la vue que comme décors fictifs et lignes ornementales. La *Bataille des Éperons d'or* est une kermesse où l'on tuerait pour s'amuser, où l'on tomberait pour se distraire, où l'on mourrait pour avoir le plaisir de faire une grimace. Le *Triomphe romain* s'apparente à la *Bataille des Éperons*. La composition en est moins originale et les lignes dominantes moins inattendues. Toutefois peut-on se réjouir à voir les licteurs présenter leurs faisceaux comme des seringues et ceux qui portent les aigles arborer ces dernières comme de vulgaires oiseaux abattus par des archers, dans quelque village flamand. Il conviendrait d'insister encore sur la *Mort d'un théologien*, sur la *Multiplication des poissons*, sur les *Soudards Kès et Pruta*, sur *Iston, Pouffamatus, Cracozie et Transmouff*, sur les *Diables menant le Christ aux Enfers*. Je me bornerai à présenter la plus importante des *Tentations de Saint-Antoine*, grande composition qui ne fut exposée, après un premier refus, qu'aux *XX*, en 1888.

Elle est divisée par étages. Au rez-de-chaussée, l'anachorète gros et geignant se présente à nous et sa bonasse figure, que de grosses larmes humectent, regarde le ciel, sans trop de désespoir. Au-dessus de lui trône une femme qui se dévêt même de la feuille de vigne. Elle est grande, belle, élancée, et son impudeur est triomphante. En haut, tout en haut, apparaît une admirable tête de Christ, prise à quelque maître gothique flamand. Il semble consoler Antoine et pleurer lui aussi sur l'amas des vices et des péchés montrés.

Dans la vie des Saints par Alban Stolz, docteur en théologie et conseiller ecclésiastique, il est dit d'Antoine: «Un jour qu'il venait d'être tenté plus que de coutume, il lui sembla que Notre Seigneur lui apparaissait rayonnant de lumière. Il lui dit en soupirant: «Bon Jésus où donc avez-vous été? Pourquoi n'êtes-vous pas plutôt venu me secourir». Et il lui fut répondu: «Pendant que vous combattiez j'étais auprès de vous, car sachez que je vous assisterai toujours.» Ce texte commente nettement le fourmillant dessin d'Ensor. Il composa du reste ce poème par morceaux, appliquant sur une grande toile, maint carré de papier qui continuait sans interruption la partie de scène traduite sur le carré voisin.

En plus, si l'œuvre se divise, dans le sens de la hauteur, par étages, elle se complique aussi, dans le sens de la profondeur, par couches. Presque partout quelque motif en saillie en cache un autre d'un relief plus atténué et plus fondu. Il en résulte une abondance et comme une fermentation étrange, car dans cette large page tout est traité: religion, histoire, morale, vice, vertu, terreur, angoisse, rire, ricanement, folie. On se croirait en présence de quelque œuvre indoue qui nous propose une explication du monde. Et voici les cultes anciens ridiculisés par une Minerve grotesque debout au fronton des temples et voici les mille inventions modernes traitées fantastiquement: trains, ballons, navires; et voici des écorchés dont des femmes enlèvent la peau et voici des crucifiés dont des femmes enlèvent le cœur et voici les péchés capitaux qui apparaissent avec leurs violences et leurs affres et qui tournent autour de la luxure centrale.

Dans le bas se déroulent des cortèges. Des mimes, des masques et des clowns, portant des pancartes folâtres se poussent vers saint Antoine comme pour lui présenter la pétition goguenarde de l'universelle démence humaine.

Oh, le multiple et terrible cauchemar enluminé! Il arrête surtout par ses détails minutieux et innombrables, mais l'ensemble en est toutefois large et imposant. Celui qui le conçut est quelqu'un dont l'intelligence, le cœur et l'imagination travaillent et fournissent avec angoisse leur pensée et leur rêve aux mains patientes et laborieuses.

V

LES EAUX-FORTES

C'est dans son travail d'aquafortiste plus encore que dans son œuvre de peintre que l'imagination d'Ensor s'est débridée. Bien des cuivres reproduisent certains de ses tableaux et tel de ses dessins est traduit en gravure. Toutefois, quand le burin à la main il conçoit quelque composition encore inédite, le vent de la fantasmagorie plus que jamais violent lui souffle sur le cerveau. Je craindrais de rééditer certaines analyses déjà faites si je présentais, ici, toutes les *diableries* et *mascarades* traitées à la pointe. Je ne veux appuyer que sur leur excessive audace, sur leur extrême cocasserie, sur leur insurpassable outrance. L'impudeur, l'indécence, la scatologie même apparaissent. Mais— disons le en y insistant—rien n'est malsain, trouble, louche, ambigu; tout au contraire est franc, sincère, féroce, brutal. Il n'y a pas de sous-entendu. Il y a étalage. On sait immédiatement qu'il faut ou fermer ses yeux si l'on craint pour ses prunelles innocentes, ou se boucher le nez si l'on possède des muqueuses trop délicates. Le haut-le-cœur est soudain ou ne se produit pas. Ceux qui l'évitent se complairont à suivre alors, en tous leurs méandres, les fleuves de verve tumultueuse et de raillerie agitée que l'artiste charrie à travers ses œuvres, avec leurs boues frappées de soleil, leurs folles herbes tournoyantes et leurs charognes magnifiques. Vienne, Zürich, Liège, Barcelone, Milan, Venise, Ostende, Dresde, Paris possèdent, en leurs collections publiques mainte eau-forte du graveur. M. Eugène Demolder en une critique pénétrante et renseignée, M. Coquiot das sa préface au *livre des masques*, M. Vittorio Pica, là bas, en Italie, dans les revues et Jean Lorrain, dans le roman étrange, précieux et faisandé de *M. de Phocas*, ont longuement et ardemment célébré tels ou tels cuivres du peintre. Voici ceux qui ont le plus souvent sollicité la critique.

Et cette impression est donnée non pas avec force, mais avec légèreté et délicatesse. Le burin fourmillant a creusé partout mais jamais sa pointe ne fut rude ni acharnée. On dirait le travail d'un clan de mouches ou d'une ruche d'insectes. Une atmosphère joyeuse, transparente, fine, légère, baigne la page entière et si le mot chef-d'œuvre vole sur les lèvres de celui qui la regarde, ce mot y semblera bien à sa place comme est à sa place sur le cuivre chaque trait d'ombre et chaque surface de lumière.

Croquis.

Cette suite de sujets renseigne—et que d'autres petites planches l'affirment comme elle—sur l'inépuisable fantaisie de James Ensor. On la croit au bout de sa trépidation et toujours et encore elle recommence. Elle est véloce et incessante comme le tic-tac d'une montre. Elle s'agite jour et nuit. La moindre observation faite au hasard la remonte comme le petit tour de clef quotidien redonne la vie aux ressorts distendus.

Pour saisir mieux encore cette folâtre imagination il faudrait la suivre jusque dans sa descente vers la caricature et la montrer aux prises avec les *Cuisiniers dangereux*[1] et les *Mauvais médecins* (1895).

Les *Cuisiniers dangereux* sont les critiques. On y distingue telles personnalités que J. Ensor redoutait. Elles servent un étrange repas à quelques-uns de leurs confrères et sur les plats présentés s'étale la tête même du peintre flanquée d'un sauret. Les *Mauvais médecins* opèrent avec une férocité délurée, s'empêtrant parmi les intestins qu'ils retirent des ventres comme des câbles et taillent dans les chairs de larges crevasses par où s'évadent les entrailles. Le patient tend un poing vers le ciel, est retenu par une corde qui l'étrangle tandis que la mort sinistre, avec un geste préceptoral, apparaît.

VI

VIE ET CARACTÈRE

Vie banale somme toute, mais en lutte avec un caractère spécial, étrange, infiniment impressionnable et ombrageux.

Il ne suit les classes que pendant deux ans. Lui même emmagasine quelques connaissances variées dans sa jeune tête. Ses livres d'images le hantent. Les romans à naïfs dessins le sollicitent. Après avoir admiré les gravures il lit le texte. Mais déjà mainte tentation lui vient de rendre les tons et les lignes qu'il voit. Il griffonne et barbouille. Détail à noter: ce sont les couleurs qu'il traduit avant même qu'il dessine les objets. Il a quatorze ans.

On lui donne comme professeurs deux vagues aquarellistes ostendais: Dubar et Van Kuyck. Leurs conseils lui sont légers. Il les écoute et oublie leurs paroles. Il n'est inquiété que par ce qu'il voit. Il ne peint que d'après nature et les sites marins et les dunes et les paysages des environs d'Ostende sont ses premiers modèles. Louis Dubois, le beau peintre solide et puissant, rencontrant un jour, au cours d'un villégiature sur la côte, les quelques pages auxquelles James Ensor, presque enfant, confiait ses primes essais, s'enthousiasma et vivement s'intéressa à ses débuts.

Plus tard, sorti de cette école, il appréciera et critiquera l'enseignement de ses maîtres, en ce caractéristique monologue:

«TROIS SEMAINES A L'ACADÉMIE

Monologue à tiroirs

La scène est dans la classe de peinture.

Personnages: Trois professeurs, le directeur de l'Académie, un surveillant; personnage muet: un futur membre des *XX*.

Nota: La vérité des menus propos qui suivent est garantie.

Le flamand perce toujours chez vous, malgré tout. Je trouve les artistes français très forts; dans une exposition, on les distingue de suite de leurs voisins; ils sont très forts en composition.

Il ne faut pas croire que le professeur abîme l'étude en la corrigeant; quand j'avais votre âge, je le croyais aussi, maintenant je vois bien que le professeur avait raison.

Vous n'avancez pas! ça n'est pas modelé! (montrant l'étude d'un autre élève). En voici un qui va bien! Malheureusement il est trop paresseux.

Vous cherchez déjà l'air ambiant, au lieu d'attendre que vous soyez assez fort en dessin; songez que vous avez encore deux classes d'antiques à faire! après celà, vous aurez bien le temps de vous occuper d'air ambiant, de couleur et de tout le reste.

Vous ne voulez pas apprendre; peindre comme celà, c'est de la folie ou de la méchanceté.

Je suis *forcé* de vous complimenter sur votre dessin; mais pourquoi faites-vous des dessins contre l'Académie?

2ᵉ Semaine: M. le professeur Slimmevogel.

Vous avez fait votre fond au lieu de faire la figure; ça n'est pas difficile de faire un fond.

Vous faites le contraire de ce qu'on vous dit. Au lieu de commencer par *vos vigueurs*, vous commencez par les clairs. Comment pouvez-vous juger votre ensemble. Il faut faire vos vigueurs avec du noir de vigne et de la terre de Sienne brûlée.

Je ne sais pas ce qu'il y a dans l'air ici; jamais je n'ai vu la classe de peinture comme cette année. Je serais honteux si un étranger entrait ici.

Je ne vois rien là dedans. Il y a de la couleur, mais ça ne suffit pas.

Ça manque de vigueur. Vous empâtez trop. Vous avez l'air de bien chercher cependant. Vous avez assez cherché maintenant.

Est-ce M. Pilstecker qui a corrigé votre étude? Ça n'est pas sa semaine, pourtant. C'est embêtant, ça!

3ᵉ Semaine: M. le professeur Van Mollekot.

Qu'est-ce que c'est que ça! C'est beaucoup trop brun, vous savez. Est-ce M. Slimmevogel qui vous a corrigé?

C'était si bien commencé. Vous dessinez si bien, mais vous abîmez tout ce que vous faites.

Croyez-moi, c'est dans votre intérêt que je vous le dis. Mettez votre étude à côté du modèle. Vous avez peur de peindre.

Il faut peindre avec des brosses plates, en pleine pâte, mais il faut faire attention de ne pas blaireauter.

Vous n'empâtez pas assez. Je sais bien que vous savez le faire, mais il faudrait le montrer aux autres.

Vous faites du paysage, c'est de la farce, le paysage!

M. le Directeur.

Vous dessinez en peignant, mauvais! mauvais! Vous allez vous noyer.

C'est le sentiment qui vous perd, vous n'êtes pas le seul.

La semaine passée, vous avez fait un bon dessin, maintenant, c'est encore une fois la même chose; vous avez mal à l'œil peut-être? Un sculpteur serait bien embarrassé, s'il devait faire quelque chose d'après votre dessin.

Est-ce M. Slimmevogel qui a retouché ça?

Le Surveillant.

M. le Directeur et M. Pilstecker sont très fâchés contre vous, à cause de votre concours d'esquisse peinte. Si vous voulez me promettre de changer de manière, j'en parlerai à M. le Directeur, et vous pourrez entrer à la classe de nature.

Moralité: L'élève quitte l'Académie et se fait Vingtiste.

Moralité ultérieure: On refuse toutes ses toiles au Salon.»

Ce monologue porte. Il est jovial et juste. Il résume, d'un style leste et ironique les tares de l'enseignement officiel. Les personnages représentés se reconnaissent. Leurs jolis noms empruntés au langage populaire donnent au morceau entier, une savoureuse couleur locale. Ensor ne pouvait être un bon élève. Sa nature s'y opposait; il était destiné à devenir un bon peintre. Il remporta toutefois le deuxième prix de dessin de tête antique.

Revenu à Ostende il se forme lui même. Toutefois restent suspendues au mur de son atelier deux compositions faites à l'Académie: *Oreste tourmenté par les Furies* et *Judas lançant l'argent dans le Temple*. On comprend que d'authentiques professeurs se soient étonnés devant ces peintures. Le ton y est déjà très particulier. Les personnages baignent dans une lumière argentée; aucun trait n'est sec ni maigré. Aucun geste conventionnel, ni appris. La scène n'est point soulignée par la présentation à l'avant-plan du protagoniste principal, soit Judas, soit Oreste. C'est le groupe qui intéresse; c'est l'ensemble; c'est l'action totale. Des rouges sonnent sur un fond d'argent. Les défroques sont plutôt romantiques que classiques ou bibliques. Le dessin académique est tout entier mangé par la couleur. Ces deux toiles sont déjà de la vraie peinture ensorienne.

Je n'ignore point qu'un peintre littéraire est un peintre dévoyé. Je sais que l'œil et non pas l'esprit doit dominer dans les arts plastiques. Nul plus que moi ne s'est fait un devoir de signaler combien il importait de voir, de regarder, de constater afin de bien traduire soit la ligne, soit la couleur, soit la lumière. Toutefois il ne faut pas qu'un peintre se prévaille de cette vérité qui peut apparaître, à juste titre, comme une manière de dogme esthétique, pour s'opposer à toute culture générale et se complaire à n'être volontairement qu'une brute qui peint. Il faut, au contraire, que tout artiste s'affine et s'éduque. Or, c'est la littérature seule, prise dans son sens large, qui lui peut donner cet affinement. Il doit tendre à son développement complet, à l'exaltation de sa personnalité totale; il doit comme fourbir le faisceau entier de ses facultés. Rien n'est perdu et, mystérieusement, tout sert. A l'heure des chefs-d'œuvre, c'est tout l'être humain, avec ce qu'il contient de puissance latente et emmagasinée dans son cerveau, dans ses sens, dans ses muscles, dans ses nerfs, qui apparaît et qui se hausse, par sa création soudaine mais combien lentement préparée, au plan des dieux.

Les maîtres que lisait Ensor étaient évidemment ceux que sa nature d'exception lui désignait: Edgar Poe et Balzac. Pourtant, avant eux, il avait cultivé Rabelais (on s'en aperçoit en ses écrits); il goûtait le Roland Furieux, de l'Arioste, et Don Quichotte et les Mille et une Nuits. J'ai trouvé également dans sa bibliothèque «l'Enfer» du Dante.

Quant aux peintres qu'il entoure de son culte pieux ce sont et Rembrandt et Delacroix et Chardin et Watteau. Il ne lui déplaît pas de louer également—il ne serait pas James Ensor s'il n'appréciait l'antithèse—le «Virgile lisant l'Enéide» (fragment) du vieil Ingres.

Il englobe encore dans son admiration Pierre Breughel et Jérôme Bosch. Mais il ignore Rowlandson et Gillray auxquels il ressemble. Et Goya ne lui est nullement familier.

Sa vie s'est écoulée, à Ostende, presque tout entière. Il y a subi l'interminable et ensevelissant ennui de la province qui tombe sur l'âme comme une poussière sur le corps; il y a connu la moquerie et la haine; le potin et la risée; il y a rencontré les contrariétés domestiques, l'incompréhension inévitable, la dérélection. Les heures noires lui ont fait cortège au long des jours gris, maussades, monotones. Sa sensibilité fine comme le grain d'un bois rare et précieux a subi les coups de rabot de la bêtise. Il s'est senti foulé, meurtri, brisé.

Les rares joies qui flambaient autour de lui étaient de pauvres joies provinciales. Il en prit, certes, sa part ne fût-ce que par tristesse. Une société *Le Rat Mort* le comptait et le compte encore au nombre de ses membres. Ce cercle où des médecins coudoient des avocats, où des échevins serrent la main à des notaires, où des musiciens —quelques-uns de vrai talent— introduisent le culte d'un goût surveillé, inscrit à son programme le rire et l'entrain pour essayer de vaincre la torpeur ambiante. Y réussit-il? Et sa joie n'est-elle pas uniquement réglementaire?

Quand James Ensor fut nommé chevalier par le Roi on lui ménagea quelque fête cordiale et tapageuse. J'en connais l'ordonnance. Elle fut consignée dans une brochure que rédigea et qu'illustra le peintre. Des discours sont prononcés, des strophes battent des ailes et des brabançonnes inédites voient le jour. La fête fut, paraît-il, charmante et folle. Je le crois, bien que le souvenir que j'en ai entre les mains ne me communique plus, à cette heure, ni charme ni folie. Mais il est juste d'ajouter que la carcasse d'un feu d'artifice tiré est chose lamentable et funèbre.

Ensor écrit assez volontiers. On sait que la plume est entre ses mains une arme—certes contournée, fantasque, chimérique—mais qu'elle est toutefois aiguë et pointée comme un couteau et qu'elle blesse souvent. Il s'est plu, dans le *Coq Rouge*, à la diriger—malencontreusement à mon avis—contre Alfred Stevens; dernièrement encore dans l'*Echo d'Ostende*, il égratigna maint critique. Il agit alors comme s'il tenait entre les mains une molle pelotte, qu'il traverse d'épingles et qu'il jette, dès qu'elle en est pleine, comme un espiègle, vers le public. Les traits portent, les allusions sont transparentes; ceux qui sont au courant de la vie d'Ensor comprennent. Les autres s'étonnent. Lui, dès son geste fait, redoute qu'on se fâche, s'excuse presque d'avoir aussi abondamment garni sa pelotte, d'avoir effilé trop vivement ses pointes, mais, quoiqu'il en ait, il n'a pu s'empêcher de la lancer. Sa phrase est surabondante d'adjectifs pittoresques et cocasses, de substantifs soudains et inventés; elle est folle, amusante, superlificoquentieuse; elle écume et bouillonne; elle monte et s'écroule en cataracte. Lorsqu'une bouteille d'ardent champagne se débouche et que le fourmillement des bulles gazeuses s'élève myriadaire et pétille vers le goulot pour se répandre et se résoudre en mousse, je songe au style fermenté de James Ensor.

Ostende ayant repoussé son art, loin des murs nus de ses monuments, le peintre, dès que l'occasion s'en offrit, malmena ses édiles. Il s'agissait d'élever une statue à M. Van Iseghem, bourgmestre. Voici le morceau. Je l'emprunte à la *Ligue Artistique*.

UN BRONZE OSTENDAIS A PLACER

«Resignalons allègrement les évolutions sardinéennes de nos bourgmestres vacillants ou édiles impénétrables, travaillés par des voix. Contemplons caricaturalement les entrechats effrénés de certains administrateurs ventripotents: singulières gambades agrémentées de culbutes désopillantes, subtiles ruades de grisons affolés, tiraillements aigres-doux de fonctionnaire non fonctionnant ruminant son bronze, maître coup de gaffe d'adroit manœuvrier manœuvrant, discussion spongieuse de batracien encornichonné coassant, effondrement subit de mache-brique imprévoyant, grossissement anormal de cucurbitacé triomphant.

«Lançons quelques pierres dans cette mare aux marmousets et enveloppons d'un voile épais les échantillons artistiques de nos esthètes tremblotants pataugeant en sourdine dans les vases de barbotine ou d'élection.

«Ces mêlées de moules et contre-moules et d'asticots asticotés me laissent indifférent: le contribuable ostendais a d'autres singes à fouetter. Mais une grosse question divise nos esthètes mercurisés.

«L'érection de la statue de Jan Van Iseghem s'impose, clament nos édiles en mal de bronze! Pschykoriaminikrolobrédibréraxispipipi! expectorent péniblement nos vieux barbons du littoral; «une réunion de conseillers de l'Huîtrisie Heureuse s'indique», fafouent nos scaphandriers désossés, prudents immergeurs de vesses traîtresses.

«Après vives discussions hérissées de bourdes solennelles, sauts de carpe, torgnioles, plamussades, nasardes fraîches, faux horizons de narquoisie, momeries variées, arlequinades de haute lisse, péroraisons limaçonnes, jérémiades de tritons essoufflés, volées oratoires de grand effet, miaulement suraigus, grognements agressifs, gloussements inarticulés et bredouillements confus dignes d'une assemblée de vieilles lavandières échaudées ou marchandes des quatre saisons coquemardées, nos orateurs mollusqueux, égosillés et contents se réfugièrent prestement entre de jolies valves nacrées et perlières, et il ne fut plus question de la statue du plus pelliculé des bourgmestres passés, présents et à venir.»

La musique l'a tenté autant que la littérature. Il compose et improvise. Blanche Rousseau fut, un jour, témoin de la façon dont il railla avec des notes ceux qui le raillaient avec des paroles.

«A un dîner de noces où se trouvaient un grand nombre de bourgeois, Ensor, pâle et muet, se laissait taquiner, mais avec des sourires contraints, des regards dédaigneux où s'allumait parfois l'éclair fugace d'une colère ou d'une ironie effrayantes. Non loin de lui, je l'observais et j'avais presque peur. Tout à coup, quelqu'un l'interpelle: «De la musique, James, de *ta* musique.» On rit, il résiste, on insiste.... Alors, il se lève tout à coup, marche au piano, et fait éclater une fanfare discordante, un tumulte de sons bousculés, mais si moqueurs, si violents, d'une si imprévue et tragique ironie ... une sorte de *marche des bourgeois* où les cris d'animaux se mêlent au vacarme du tam-tam, et brisée dans un long hurlement sinistre. Il revint à sa place, sans que, pourtant, sa figure eût changé—mais les autres ne riaient plus».

La musique autant que la littérature lui sert donc à des manifestations irritées tout autant que certains dessins et certaines caricatures. Quand sa sensibilité est trop foulée et comprimée par l'hostile ambiance elles lui sont comme deux soupapes qu'il ouvre tout à coup et par lesquelles il se libère de sa mauvaise humeur.

Mais quelquefois aussi elles lui apparaissent comme de réelles expressions d'art, surtout la musique, qu'il aime et cultive, avec délices et pour laquelle, me dit-on, il se sent né tout autant ou peut être plus encore que pour la peinture.

«L'étrange musique, écrit encore Blanche Rousseau. Elle ne ressemblait à aucune autre; elle ne ressemblait à rien au monde. Elle était sourde et voilée—rapide comme un souffle, aussi légère—ou bruyante soudain—dure, heurtée, diabolique.... Les sons couraient, agiles, ailés, s'égouttaient en jet d'eau ou s'écroulaient en poudre.... Ils se relevaient, s'envolaient en soupirs vers les nues idéales et retombaient à terre avec des grimaces et des contorsions. C'était pour moi, petite fille, des troupeaux d'anges et de démons tournoyant entre ciel et terre, des chutes et des essors, et les merveilleuses ascensions d'un mélange bizarre de figures dont prédominaient tour à tour les unes, sublimes, ou les autres, grimaçantes et horribles.... Et quand, brisant soudain une mélodie, Ensor entonna le *Miserere* d'un voix vacillante, effrayante dans l'ombre, la voix exacte d'un curé cynique et rapace devant un cercueil entouré de cierges—tandis qu'on riait dans la chambre éclairée—mon cœur se glaça d'horreur et je me crus vieille à treize ans».

Il suffit d'avoir approché Ensor à certains jours, d'avoir écouté, attentivement, ce qu'il ne disait pas pour se convaincre qu'il est à la fois timide et téméraire, très simple et très complexe, que le soupçon habite en lui, qu'il se croit volontiers honni, trahi, persécuté même, qu'il est plein d'ironie et de goguenardise. Son silence et son rire sont, presque au même titre, inquiétants. Il a la haine de la bêtise; il la sait dure et coriace: il faut de temps en temps qu'il la morde. Pourtant la méchanceté lui est étrangère.

Au fond, très au fond de lui, séjourne certes la bonté; mais cette source profonde il ne la montre qu'à de très chers regards. Sa petite nièce l'a vu certes se répandre. Pour les autres gens, il demeure un être fermé et énigmatique. On ne le saisit jamais entièrement. La vie lui apprit à être défiant. On ne lui a point rendu toute justice. Son art n'est point encore, à cette heure, situé où quelque jour il se campera. Mais qu'importe! l'ascension sera d'autant plus sûre qu'elle aura été lente et contrariée.

Le caractère n'explique évidemment pas toute une œuvre. Ce sont les dons fonciers que le peintre porte en lui qui la déterminent, l'entretiennent, la nourissent et la développent.

Toutefois le caractère de l'homme influence l'œuvre, si j'ose dire, latéralement. Il est comme les vents d'est, d'ouest, du sud et du nord qui assiègent une plante magnifique, la courbent, la redressent, la baignent d'air chaud ou d'air froid, l'épanouissent ou la dessèchent. Ensor est un supra-sensible.

La mobilité, l'inquiétude, la vacillation de sa nature expliquent à la fois les recherches fiévreuses, les pas en avant, les pas en arrière, les brusques progrès et les soudains reculs, en un mot tous les changements et aussi toutes les inégalités de son art. Après un tableau clair, il rétrograde vers un tableau sombre; après un dessin de caractère il commence un dessin atmosphéré, après une eau-forte toute en délicatesse il burine un cuivre comme avec des clous. Il est tumultueux et abrupt dans mainte composition; le développement continu ou symétrique des lignes ne l'inquiète guère; il procède par à coups; il étonne plus souvent qu'il ne charme. Il fait preuve de maladresse et il est loin de bannir de son art le dérèglement et le chaos. Il ne tient jamais en place et souvent il ne tient pas même sa place. Les œuvres inférieures voisinent avec les œuvres excellentes. Au cours de cette étude je n'ai insisté que sur ces dernières: elles seules comptent dans la vie d'un maître.

Son caractère explique encore son amour immodéré pour le masque, la défroque, la mort, la laideur. Pendant les dures, moroses et adverses années de sa vie, quand il se croit abandonné de tous, quand des idées de persécution hantent sa tête, il met comme une ardeur noire à dénaturer, à déformer, à calomnier la vie. Quelques-unes de ses toiles sont féroces. Les *deux squelettes se disputant un hareng-saur* mettent une âpreté telle dans leur lutte à mâchoires voraces et terribles qu'on songe vaguement à deux cruels ennemis du peintre s'acharnant sur lui. Le jour qu'il campa devant son poêle de fonte le gras et narquois *pouilleux* et que les premiers *masques* vinrent surprendre et attirer son attention, ce fut le pittoresque et la saveur des guenilles et des oripeaux qui certes le sollicitèrent. Il découvrit en eux l'ironie et la farce quasi joviales; mais plus tard l'ironie et la farce firent place au sarcasme, à la détresse et à la violence. Et le rire devint ricanement. Bien plus. Peut être s'est-il fait que le découragement a remplacé, à point nommé, la colère et que certaines années mauvaises et mornes, les années vides d'enthousiame, ne sont imputables qu'à un fléchissement de volonté. Car—et je ne veux point éluder ce problème moral—il est vraiment incompréhensible qu'aux heures pleines de l'adolescence et de la maturité commençante Ensor se soit comme retiré de la lutte, alors qu'une abondance de gestes et d'œuvres marque chez les artistes doués comme lui l'entrée triomphale dans la quarantaine.

Est ce la veule et torpide province, la solitude trop complète, l'éloignement trop prolongé ou la critique injuste qui ont amené cet alentissement? Quelle brisure intérieure a lézardé une muraille déjà si haute?

Ou bien les ennuis quotidiens et domestiques, les tracas mesquins et rongeants le condamnèrent-ils quelque temps au silence?

L'explication nette et unique se dissimule sous l'amas des conjectures. Peut être un jour jaillira-t-elle simple et probante. En attendant, je ne crois pas errer en affirmant que c'est dans le caractère du peintre et non pas en son art lui-même qu'il la faut chercher. Les rares dernières œuvres qui n'ont point encore quitté son atelier affirment que son œil est autant que jamais subtil, vivant et frais et que peut-être un dernier rajeunissement est à la veille d'éclore. Mais quel que soit l'avenir, l'œuvre telle qu'elle est, avec sa série de toiles depuis longtemps victorieuses, n'est indigne d'aucune des louanges que nous lui avons, au cours de ces pages, prodiguées.

VII.

LA PLACE DE JAMES ENSOR DANS L'ART CONTEMPORAIN

La place de James Ensor dans l'art de son temps apparaît belle et nette. Le recul nécessaire pour la fixer se fait et ce jugement émis par ses admirateurs n'est déjà plus un jugement horaire.

Un fait esthétique notoire domine la peinture du XIXe siècle: la découverte de la lumière. D'où la recherche nécessaire d'harmonies nouvelles, de relations autres, de valeurs et de juxtapositions de tons insoupçonnées jadis. D'où encore un renouveau du sentiment pictural lui-même, la joie et la vie intronisées à la place de la morosité et de la routine, l'œil éduqué non plus à l'atelier mais dans les jardins, les bois et les plaines, les pratiques anciennes abandonnées au profit de la surprise et de la découverte rencontrées à chaque coin de route, à chaque angle de carrefour. C'est la nature, bien plus que les musées, qui forma les peintres novateurs. Elle leur imposa directement leur vision et modifia leur technique. Même elle renouvela toute leur palette. Ils n'ont consulté qu'elle: c'est d'après ses leçons ingénues et profondes qu'ils se sont formés, se sont découverts et se sont exaltés à l'heure des chefs-d'œuvre.

Dans cette conquête de la clarté, l'effort et la vaillance de James Ensor compteront. Son geste demeurera insigne, non seulement dans l'école de son pays, mais, un jour, dans l'art occidental tout entier. Car une mise au point exacte de la victoire impressionniste se prépare partout. L'Europe entière y collabore. Certes y conservera-t-elle son rôle d'initiatrice et de propagatrice la belle et grande France. Mais la Hollande, mais l'Angleterre, mais l'Espagne, mais la Belgique s'adjugeront également, à bon droit, quelques magnifiques rayons de la gloire artistique toujours renouvelée et sans cesse voyageuse, qui s'est, jadis, presque fixé chez elles, puis s'en est allée, puis revenue pour y séjourner à nouveau.

L'histoire de l'impressionnisme ne fut tentée, pourrait-on dire, qu'au point de vue parisien. Les marchands s'y sont intéressé plus encore que les critiques. Les dithyrambes ont monté d'après les prix de vente. On put croire, à tel instant, qu'une toile était moins une œuvre d'art, qu'une valeur financière. Degas, Renoir, Monet, Cézanne et Sisley avaient leurs courtiers comme le sucre, le café, la margarine et le cacao. Tout peintre étranger admis à la côte parisienne devenait peintre et maître à son tour.

On ne le jugeait plus d'après ses origines, mais d'après les qualités qui l'apparentaient aux maîtres français. Ainsi faussait-on maint jugement. La critique met en valeur les différences entre peintres et non pas les ressemblances ou les similitudes. Les écoles nationales sont nécessaires à l'évolution complète d'une même théorie ou d'une même formule. Une même idée conçue par des peuples différents, un même principe d'art appliqué par des groupes étrangers les uns aux autres acquiert une diversité précieuse et riche. La totalité des résultats peut être atteinte ainsi.

Au reste, les peintres venus d'ailleurs conservent, même à Paris, d'une manière souveraine, leurs qualités autochtones. Jongkind, Van Gogh, Whistler, Anglada Van Rysselberghe en témoignent. Ils restent fidèles à leurs origines superbement. Ils possèdent—j'en excepte Whistler—moins de goût que les Français, ils voient moins subtil et moins fin, mais ils apportent, les uns certains dons de robustesse, d'âpreté, les autres certains sentiments d'intimité et de naïveté, qu'on ne rencontre qu'en Espagne, qu'en Hollande et qu'en Flandre.

Pour situer de tels talents, il ne faut point les rejeter hors de leur milieu natal. Au contraire, il les y faut ramener, les mettre en leur vrai jour, les relier à leurs contemporains directs par les inévitables sympathies de race et d'instinct. Qu'on signale les principes nouveaux qu'ils apportent, mais qu'on étudie avant tout comment ils les adaptent à leur nature.

A toutes les périodes de l'histoire, ces influences de peuple à peuple et d'école à école se sont produites. Jadis l'Italie dominait profondément les Floris, les Vænius et les De Vos. Tous pourtant ont trouvé place chez nous, dans notre école septentrionale. Plus tard Pierre Paul Rubens s'en fut à son tour là-bas; il revint italianisé mais ce fut pour renouveler tout l'art flamand.

Bien plus, il se fait que souvent au pays même des peintres émigrés, il se lève des artistes qui trouvent, sans quitter la terre natale, ce que leurs émules s'en vont chercher au loin. Ensor peut se ranger parmi ceux-ci. Déjà Pantazis et Vogels s étaient signalés. Ils s'étaient posés le problème de la lumière et l'avaient élucidé si pas résolu. Vogels surtout s'était affirmé avec une audace violente et spontanée. Il avait des dons admirables d'improvisateur; il possédait la fougue et l'éclat. Ses ciels tumultueux, ses paysages tragiques s'affranchissaient de toute convention stérilisante. Il eût été un grand peintre, si l'insuffisance de son métier ne l'avait desservi.

Ensor plus dominateur en son art, avec une vision plus aiguë et plus fine, avec un instinct magnifiquement développé, avec une invention plus large et plus abondante, cultiva le même champ que Pantazis et Vogels, mais il y suscita des fleurs de lumière d'une beauté plus rare, plus rayonnante et plus subtile. Lui ne ressemble à personne. Ses premières œuvres contiennent déjà en puissance toute sa force future. On ne les confond avec nulles autres. Elles s'imposent d'elles mêmes. Elles sont indépendantes, fières, libres.

Au temps où elles éclatèrent, avec soudaineté et presque avec insolence, Manet occupait activement la critique d'avant-garde. Aux Salons triennaux de Bruxelles, d'Anvers et de Gand, la toile intitulée *Au Père Lathuille* avait ameuté autour d'elle toute l'ignorance et la raillerie publiques. Il était séant qu'on s'en scandalisât. Le rire et le sarcasme étaient exigés comme un gage d'honnêteté bourgeoise et de bon goût provincial. Certes, eût-on détérioré l'œuvre, si l'aventure judiciaire à courir et l'amende à payer n'eussent arrêté les mains bien pensantes et les couteaux croyant à l'idéal.

Les fureurs grinçant des dents contre Manet se tournèrent à point nommé contre James Ensor. Autant que le peintre des Batignolles il fut accusé d'instaurer en art une sorte de Commune et d'inscrire sa doctrine esthétique aux plis d'un drapeau rouge. Bien plus: sans égard pour les dates d'antériorité qui marquaient les toiles du peintre d'Ostende, on les proclamait dépendantes et vassales de celle de Manet, on leur refusait tout mérite jusqu'à celui d'être des sujets de scandale inédits. L'erreur persista longtemps et persiste encore. On s'entêta et l'on s'entête à ranger James Ensor parmi les élèves de Manet. Rien n'est plus faux. Les deux maîtres n'ont qu'un point de contact: tous les deux peignent à larges touches et tous les deux étudient la lumière frappant mais surtout modifiant le dessin et le ton local des objets.

Mais que de différences immédiatement s'accusent! Manet reste, somme toute, un peintre de tradition et d'enseignement. Les Espagnols l'ont formé: Velasquez et surtout Goya. Le jour que son *Olympia* fit son entrée au Louvre, elle se plaça, naturellement, en son milieu. La rampe l'attendait. Elle voisina, sans déchoir, avec les toiles d'Ingres et de Delacroix. Sa victoire fut même trop belle: l'*Odalisque* du vieil Ingres se sentit atteinte dans son rayonnement de chef-d'œuvre soi-disant parfait. Jamais elle n'apparut plus sèche, plus figée ni plus froide. En outre, Manet compose ses toiles. L'*Olympia*, le *Christ aux anges*, le *Déjeuner sur l'herbe, Maximilien*, sont des œuvres dont la mise en page est faite d'après des recettes connues. Bien qu'il soit un peintre admirable, encore n'évite-t-il pas les sécheresses et les duretés. Il ignore l'abondance et la richesse prodiguées. La réflexion et le raisonnement le guident plus que l'instinct ne le pousse. Il a une main très experte, très habile. Il fait preuve d'esprit, parfois de virtuosité. Son intelligence surveille son art et le raffine. Il pense autant et plus encore qu'il ne voit. Quand, séduit par les visions fraîches et hardies de Claude Monet, il se décida à modifier les couleurs de sa palette et à traduire le plein air vrai et la clarté prismatique et vivante, ce fut par une suite de tâtonnements réfléchis qu'il y parvint. Il cherchait sans trouver, du coup. Ce fut une lutte avant tout intelligente. Il lui fallut non seulement des qualités d'œil, mais des qualités de caractère. Son esprit, son jugement, son obstination, sa probité, tout son être moral et pensant agit: ce fut un triomphe laborieux.

James Ensor, lui, n'est purement qu'un peintre. Il voit d'abord, il combine, arrange, réfléchit et pense après. Il ne doit rien ou presque rien aux maîtres du passé. Il est venu en son temps pour ne recevoir que les leçons des choses. Certes, sa mise en page le préoccupe, mais ses compositions évitent de rappeler celles que les musées enseignent. L'esprit qu'il met dans ses toiles et ses dessins est plutôt grossier et populaire. Son trait de pinceau est appuyé; il ne glisse pas. Il n'est pas adroit. Toutefois sa couleur n'est jamais commune. En chaque œuvre le ton rare et riche, violent et doux, prismatique et soudain, installe sa surprise et son harmonie. On dirait qu'Ensor écoute la couleur tellement il la développe comme une symphonie.

Jamais ne s'y mêle la moindre fausse note. Il a l'œil juste comme est juste l'oreille d'un musicien. A le voir peindre, comme au hasard, on craint qu'à chaque instant la gamme profonde et rayonnante des couleurs ne se fausse. Or jamais aucun accroc n'a lieu. L'instinct, le guide le plus sûr des artistes, bien qu'il paraisse un conducteur aveugle, l'assiste sans qu'il s'en doute et le décide, quand à peine il prend le temps de le consulter. Avant de poser un ton, il est sûr que ce ton sera d'accord avec les autres. Il le sent tel, à travers tout son être. A quoi bon examiner, discuter, raisonner, si l'examen, la discussion et le raisonnement se sont faits, préalablement, sans qu'on le sache, avec la promptitude que met un éclair à traverser le ciel. L'aptitude en art n'est jamais un acquis, mais un don. Elle est subconsciente et sourde. Celui qui naît sans qu'elle habite en lui à l'instant même qu'il voit, entend, flaire, goûte et touche, ne sera jamais un artiste authentique. Aucune étude ne la lui apportera. Des races privilégiées la transmettent à leurs différentes écoles, à travers les siècles. L'une de ces races est l'admirable race des Pays-Bas.

Il s'en faut pourtant que leur instinct merveilleux soit l'unique don des peintres septentrionaux. Ils n'auraient pas donné à l'art ces artistes universels qui out nom Rubens, Van Dyck, Jordaens et avant eux Van Eyck, Memling, Van der Goes, Van der Weyden et Metsys si l'intelligence, le sentiment, la raison et la volonté leur eussent été refusés.

Je n'ai insisté sur leur qualité foncière: l'instinct, que pour la montrer pareille au tronc massif et souterrain sur lequel se entent, comme des branches, toutes les autres vertus esthétiques.

James Ensor est plus purement un peintre que Manet, mais ce dernier est évidemment un maître et un artiste d'une plus large et plus souveraine envergure. Il est un chef d'école magnifique, définitif et complet. Il commande à un des carrefours de l'art où les routes bifurquent et gagnent des contrées vierges et inconnues.

Je n'ai, au surplus, mis en parallèle les deux peintres que pour défendre James Ensor contre des accusations d'imitation. Qu'on fasse voisiner n'importe laquelle de ses toiles avec l'*Olympia*, le *Déjeuner sur l'herbe*, le *Père Lathuille*, *Argenteuil*, *Pertuiset* et l'originalité des deux créateurs d'œuvres marquantes s'imposera indiscutable.

Mais un autre rapprochement s'indique. Les récents intimistes français, les Vuillard et les Bonnard s'attachent aujourd'hui à certaines recherches qu'autrefois tenta James Ensor. Tels éclairages de salon ou d'appartement, telles lueurs argentées et discrètes, tels gris, tels bruns font songer à l'atmosphère de la *Coloriste* ou à la *Musique russe*. Il n'est pas jusqu'au dessin vacillant et brouillé qui n'établisse un parentage entre les deux manières. Je veux bien qu'il n'y ait que rencontre fortuite. Il est piquant toutefois de noter ceci: Si James Ensor rappelle quelque peintre, c'est parmi ses cadets, parmi ceux qui innovent et préparent l'avenir et non point parmi ses aînés qu'il le faut chercher. Il n'est pas de ceux qui imitent; il est de ceux qui découvrent. Il est plutôt d'accord avec ceux qui viennent, qu'avec ceux qui sont venus. Si bien que ses toiles qui datent de vingt-cinq ans recèlent toute la fraîcheur et la surprise des œuvres d'aujourd'hui. Il les peut exposer avec orgueil. Aucune ne déchoit. Quelques-unes serviront peut-être à renflouer les vieilles carènes de l'École d'Anvers où de tout jeunes peintres Navez et Crahay travaillent avec le souvenir de l'œuvre d'Ensor présente à leur esprit.

Preuve évidente de force profonde et souterraine! Quelqu'un qui reste aussi durablement jeune ne vieillira jamais. Il porte en lui la résurrection incessante. Il vit de lui-même, mystérieusement. Déjà il ne connaissait plus la mode, voici qu'il ignore le temps.

Il n'importe que James Ensor soit ignoré en Allemagne, en Angleterre, en Italie et en Amérique. Il est classé en Belgique et à cette heure on le classe en France. Or, c'est Paris qui, depuis un siècle, assume l'honneur d'auréoler les noms des vivants insignes. Il est la postérité qui s'éveille; il désigne les routes par où passe la gloire; il semble d'accord avec une volonté lointaine et encore inconnue. En son pays la renommée de James Ensor grandit d'année en année. Ceux qui le méconnaissaient autrefois sont morts ou sont vaincus. On ne relègue plus ses envois dans les oubliettes des salons triennaux: ils s'étalent à la cimaise, aux places d'honneur. Les musées des grandes villes s'en enrichissent: Liège, Anvers, Bruxelles. Les mécènes qui villégiaturent à Ostende, l'été, visitent l'atelier du peintre et leurs galeries se décorent de ses toiles. Les prix atteints sont élevés. L'heure est déjà loin où les œuvres du peintre s'échangeaient contre une obole. Certes l'art ne se pèse pas au poids d'argent. L'or donné ne représente que ce fait: l'admission d'un peintre dans une compagnie de choix et la place élue qu'on lui assigne dans une école. L'auteur de la *Coloriste*, de l'*Après-midi à Ostende*, du *Salon bourgeois*, du *Lampiste* et de la *Mangeuse d'huîtres*, des *Enfants à la toilette*, des *Masques devant la mort*, de *Adam et Eve chassés du paradis* et de la *Dame sombre* peut avec tranquillité voir se passer les années: il est sûr de la durée.